儿童文学导读丛书

世界
著名故事

韩进◎编著

SHIJIE ZHUMING
GUSHI

北京师范大学出版集团
BEIJING NORMAL UNIVERSITY PUBLISHING GROUP
安徽大学出版社

图书在版编目(CIP)数据

世界著名故事/韩进编著. —合肥:安徽大学出版社,2012.5(2020.6 重印)
(儿童文学导读丛书)
ISBN 978-7-5664-0336-0

Ⅰ.①世… Ⅱ.①韩… Ⅲ.①故事—作品集—世界 Ⅳ.①I14

中国版本图书馆 CIP 数据核字(2011)第 209783 号

世界著名故事 **韩 进** 编著

出版发行: 北京师范大学出版集团
安徽大学出版社
(安徽省合肥市肥西路 3 号 邮编 230039)
www.bnupg.com.cn
www.ahupress.com.cn
印 刷: 三河市聚河金源印刷有限公司
开 本: 185 mm×260 mm
印 张: 13.75
字 数: 178 千字
版 次: 2012 年 5 月第 1 版
印 次: 2020 年 6 月第 8 次印刷
定 价: 35.00 元
ISBN 978-7-5664-0336-0

策划编辑: 钟 蕾
责任编辑: 刘金风
责任印制: 赵明炎
装帧设计: 李伯骥
美术编辑: 李 军

目录

动物故事

生活故事

文学名著故事

怎样走进故事天地

一、明确儿童故事的概念及其在儿童文学中的地位

(一)儿童故事的概念

故事,本指叙事性文学作品中一系列有因果关系的生活事件。由于它循序发展,环环相扣,构成有吸引力的情节,因而又称故事情节。故事指文体时,属于散文中的一种,所以又称叙事散文。它侧重于事件过程的描述,强调情节的生动性和连贯性,而对人物性格较少做细致的刻画。它和小说有相似处,又带有“说话”的特点,既可以由说故事人讲述,也可以由自己阅读,是一种深受人们喜爱的文学形式。儿童故事是指适合他们读和听的那一部分故事,有广义与狭义之分。广义的包括神话、传说、寓言、童话、笑话、小说等,凡一切适合儿童听和读的带有故事情节的散文作品都叫儿童故事。狭义的儿童故事指除了上述体裁,还具有故事情节、可供儿童读和听的文学作品。

(二)儿童故事在儿童文学中的地位

儿童故事与童谣一样有着源远流长的历史,因为它同样是在人民口头创作中孕育发展起来的。孩子们都是天生的故事迷,他们总是围着大人恳切地提出要求:“给我们讲个故事吧!”等到他们识了

字，就会到处搜罗故事来读。正因为有儿童的阅读需求，各种各样的故事也在阅读实践中愈来愈成熟、愈来愈丰富、愈来愈完善，其创作手法也日趋多样，形成了较为定型的神话故事、传奇故事、历史故事、动物故事、生活故事、科幻故事、文学名著故事等。可以说，故事是孩子们接触最早最多的文学样式。他们爱听爱读，因为有不少好故事使他们经久不忘，终生受益。

儿童故事之所以博得儿童的青睐，是因为它以情节见长，跌宕起伏，讲求故事性；加上它在表现手法上特别强调设置悬念，使读者、听众感到扣人心弦，引人入胜；还有语言表达上口语性强，节奏明快，富于动感。这些都十分切合儿童好奇、好动、爱幻想等天性，对他们有极大的感染力。

儿童故事与其他儿童文学体裁相比，也有着它毫不逊色的表达优势。与小说比，虽然它较少刻画人物和描绘环境气氛，但它以极简练的笔墨勾勒人物和渲染环境，它的悬念、口语、节奏等，则比小说更能吸引儿童。与童话比，它不像童话那样想象奇特丰富，但也有艺术夸张和虚构，然而它显得比童话更合乎常理，使儿童觉得“真实可信”。与戏剧影视相比，它可以不受具体时空的限制，随时随地都可以读与讲。与科学的知识性读物比，更能让儿童在繁重的学校生活外获得一方乐土，可以不假思索地袒露天性，获得心灵的解放与情绪上的愉悦。所有这些，都是其他文学体裁难以替代的。

二、认识儿童故事的艺术特征

儿童故事能一直受到儿童的青睐，甚至还招引成年人也一同走进故事的世界里，其艺术魅力主要来自儿童故事所具有的三个方面的显著特征：一是故事性；二是趣味性；三是口头性。

1.故事性

故事性是儿童故事最本质的特征，主要体现在三个方面。

其一，故事的完整性。孩子们总是喜欢听那些有头有尾的完整故事，他们总是在期待着事件的结局。“后来呢?”“后来怎么样?”是孩子们听读故事时不断发出的问题。与儿童审美思维的线性与直观性相一致。每个儿童故事几乎是围绕一个中心来展开的，注重事件的轮廓和完整，不求细节的详尽描写，更忌讳成段的议论或心理刻画，即使是必要的环境描写也十分简明，这些都是为了使故事高潮与结局得以尽快到来。叙述也多用顺叙的手法，一层一层地展开情节，完整而有序地将故事完全打开，结局一般是真、善、美战胜假、恶、丑的“大团圆式”。故事的完整性，还给儿童一种完美无缺的心理满足与美感享受。

其二，情节的生动性。由于儿童的注意力易分散和转移，平淡无奇的故事很难把他们引到作品的情境中去，因而必须有处在不断运动发展中的起伏跌宕的情节贯穿始终，才能引导他们高高兴兴地读(听)到结尾。好的情节总是允许儿童参与行动，感受冲突的发展，意识到高潮的出现，接受令人满意的结局。冲突是情节的源泉，也是故事中最扣人心弦与激动人心的地方。即使是幼儿故事，情节单纯，也不能没有矛盾冲突。儿童故事中的冲突可以是多方面的，包括人与人的冲突、人与社会的冲突、人与自然的冲突、人与自身的冲突等。

其三，悬念与闪回等艺术手法的运用。悬念最能激起儿童的好奇心。儿童都有“打破砂锅问到底”的心理，悬念的设置就是利用了这一心理来激起儿童的阅读兴趣。悬念的设置，还使儿童变被动的接受者为主动的参与者，使儿童的思维能力和解决问题的能力得到锻炼与提高。

闪回被越来越多地运用于故事中，不仅吸引儿童的思索，情节也因此曲折而生动有趣。有时读者会对人物的背景产生疑问，或许对人物特定的行为方式感到奇怪，作者就需要中断故事，插入先前的事件。通过闪回，作者回答了在情节的逻辑发展中必须回答的问题，情节更生动，内容更丰富，感染力也因之更强烈。

2.趣味性

趣味是儿童故事的基础。趣味在儿童故事的材料中，是最低限度的需要与必要的条件。儿童故事的趣味性主要包含三个方面的因素。

其一，心理因素。儿童故事中的想象、神奇、惊险与游戏性等因素都是投合儿童趣味的，尤其是描写儿童生活的故事，更是童趣盎然。当儿童有机会在儿童故事中再一次体验他们曾经接触过的事物时，就感到特别亲切，流露出一种浓厚的兴趣来，于是产生一种情绪上的快感。这种由故事中所描绘的事物引起的阅读中的亲切感，是儿童故事趣味性的重要因素之一。

其二，美学因素。趣味是一种重要的美学范畴，其中最使儿童感兴趣的是幽默和滑稽。孩子们天性是乐观的，爱好幽默与滑稽。幽默与滑稽也就自然成为儿童故事趣味性的重要因素之一。例如长篇童话故事《木偶奇遇记》中的匹诺曹，一撒谎就会长长鼻子，极富滑稽色彩，孩子们对此很感兴趣。又如匈牙利作家约·莫尔的《九个中间挑选哪一个呢?》，奇特的情节、风趣的语言、诙谐的格调、强烈的对比，形成浓烈的幽默氛围，全篇有一种喜剧色彩，孩子们在故事的娱乐品格里获得审美享受。

其三，艺术手法上的因素。神话故事中大量运用拟人与夸张来构思情节与塑造人物，民间故事中惯用对比与反复手法来造成强烈的艺术效果，生活故事中悬念与闪回的艺术手法给读者带来的阅读期待，这些都极大地调动着孩子们的阅读兴趣，让他们饶有趣味地读(听)到末尾。

3. 口头性

儿童故事是可以用来讲述的，所以，它在语言上最突出的特点就是口头性，即通俗、明快、质朴，句式较短，没有生僻的词语，有儿童生活语言特色。

叙述语言的口头性，即是要求故事的语言必须与儿童所具备的听取语言的能力相适应，在词汇、句法、节奏等方面既大大相异于书面的文学语言，又必须合乎儿童的言语表达习惯。但这种"合乎"并不是"娃娃腔"，而是根据儿童的心理特点和理解能力，对儿童语言进行选择、提炼而成的艺术化了的口头语。如意大利儿童文学家亚米契斯的《爱的教育》，这本由 100 个小故事组成的故事书，借一位三年级小学生安利柯的口来讲述，朴实而又自然。

儿化韵的使用是儿童故事口语化的一个特点。儿化韵的语言适合儿童的欣赏习惯，儿童听来感到亲切与温暖。例如《狼来了》，故事中有一段原文是这样的："大伙跑到小孩跟前一看，羊在乖乖地吃草。'狼在哪呀？'大伙问小孩，小孩哈哈大笑起来。"孙敬修老爷爷在向孩子们讲述这个故事时，只是加了儿化韵，这一小小的改动却大大增强了故事感染力。试比较："大伙儿跑到小孩儿跟前一看，羊乖乖儿地吃草。'狼在哪儿呀？'大伙儿问小孩儿，小孩儿哈哈大笑起来啦！"讲起来顺口，听起来顺耳，并且讲故事人与听故事人之间的感情空间也因之缩小了，亲切且又有如临其境之感。

反复也是儿童故事口语化的常用表现手法，它可以加深读者对所叙事物的印象，也更能表达讲述者的感情。有时似自言自语，个中却情趣深长。如苏联著名儿童文学家阿·托尔斯泰的《大萝卜》，一开头就通过反复来强化人们的愿望，引起儿童听、读的注意："一个老头儿种下萝卜，对它说：'长大呀，长大呀，萝卜啊，长得甜呐！长大呀，萝卜啊，长得结实啊！'"反复的运用，还使故事有了一种诗意的美、回环的美、音乐的美和抒情的美。

三、了解儿童故事的类型

对儿童故事,可进行多种分类,如:从源头上分,有民间故事与创作故事两大类;从内容上分,有神话故事、传说故事、民间故事(狭义)、动物故事、人物故事、历史故事、文学名著故事等;从表现形式上分,有文字故事与图画故事。还可有其他的分类标准,而且每一子项又可以再细分。这里介绍几种重要的儿童故事类型。

1. 神话故事

神话是远古人民表现对自然及文化现象的理解与想象的幻想故事。儿童故事范畴下的神话故事是指产生于原始社会,能为今天的儿童理解与喜爱的那一部分神话。这些故事以不自觉的艺术创作方式和主观幻想的形式,反映了远古时人类对自然界的认识、与自然界的关系和人类的社会生活。故事中的神、仙、魔、妖的形象都是非凡的,甚至十分离奇,但其基础是现实生活。人们创造神的形象,是歌颂超于一般的英雄人物,反映人们征服自然的豪迈精神与不屈服的斗争意志,实现人类的伟大的创造精神。如我国神话中的盘古、女娲、燧人氏,希腊神话中的宙斯、普罗米修斯,希伯来神话中的亚当和夏娃等,这些神话形象都是勇敢无畏、自我牺牲精神的体现。由于远古时代生产力水平低下,人类的自我意识极为有限,人们认为自然界万事万物都同自己一样有知觉、有生命,反映在神话中,便是一切自然现象和社会现象都成为有生命、有情感的存在,形成了高度形象化和人格化的神话世界。如许多民族的神话都把日月运行的自然现象说成是日神、月神驾车在天空巡视。

世界各民族都有丰富的神话故事,就其内容来分,可分为四类:①创世纪神话,包括宇宙起源、人类起源、自然界万物起源等神话。②自然神话,包括日月星辰神话、风雨雷电神话以及有关昼夜交替、四季变换等神话。③社会神话，包括人神相争、人神相恋、诸神争战、文化等神话。④动植物神话，有关动植物的起源、特征、习性的神话和人与动植物交往的神话。由于儿童的心灵与原始人的心灵有相通的一面，他们都极富好奇心与求知欲，所以，神话故事与儿童的心灵最贴近，各类神话都是他们喜闻乐见的。但考虑到今天孩子们的实际生活背景，一般供给他们最多的是创世神话、自然神话与动植物神话三大类，因为这些神话能最大程度地满足儿童的好奇心，培养他们的幻想力。

2. 民间故事

这里的民间故事的概念是狭义的，特指神话之外，劳动人民口头创作和流传的那些富有幻想色彩或现实性较强的叙事作品。这些作品经历了漫长的历史发展阶段，反映了不同历史时期的经济生活、宗教信仰、道德观念和风土人情等，被称为人民生活的百科全书。在世代相传中，内容不断丰富，语言更趋流畅，不仅具有很高的艺术价值，而且具有多方面的认识、教育价值。

民间故事长期流传，艺术表现上具有结构单纯、语言简洁、趣味浓厚、意蕴深邃等特点。而且，为适应儿童的欣赏和接受能力，多采用反复和对比的手法，使故事反复而有变化，质朴而又鲜明。

民间故事是最早的儿童故事。它是非清楚、爱憎分明，表现人民的思想情感和聪明智慧，颂扬无私的精神和高尚的品德，是世世代代哺育儿童健康成长的极好的精神食粮。

3. 动物故事

动物故事是最受儿童欢迎的故事。它指以动物或主要以动物为主人公的儿童故事，即通过描写动物的生活和行动，以及它们之间的相互关系，生动有趣地讲解各种动物的习性、特点，或间接地反映人类社会生活、人与人之间的关系的儿童故事。动物故事原是民间故事的一种，产生得很早。在人类还处在以狩猎为主要生活来源途径的蒙昧时代，由于与动物接触最多，对动物的形态、习性、行踪等都有精细的观察，在此基础上产生了要描绘这些动物的冲动。在语言未产生前，人们是在洞穴的岩壁上、树皮上、武器与用具上描摹动物形象和故事的。语言产生后，动物故事无疑有了更大发展。世界上第一本童话故事集——成书于公元2世纪到6世纪的《五卷书》，其就是一部动物故事集。然而，到了20世纪，动物故事才大为兴起，成为读者面最宽泛的儿童文学品种之一。这是因为动物故事能激起、满足儿童的好奇心和求知欲，符合并适应他们身心发展的需要。同时，儿童还可以通过以各种不同性格的动物组成的鸟兽世界来了解人类世界。动物比神话中的仙女要更真实可信，所以，教育家马卡连柯说："动物故事总是儿童的最好的故事。"

动物故事大体有两种类型，一是解释与描绘动物性格型。这类动物故事的民间文学性质十分突出，如瑞典的《猛禽为什么不伤害孵卵的母雁》、英国的《花豹身上为什么有花斑》、日本的《金色的脚印》等。另一类是象征与寓意型。这类动物故事是借动物来比拟、对照人类，表达的是一种人类生活与社会关系的主题，一般都有较明显的教育与警诫的意味。如任大霖的《芦鸡》、林焕彰的《燕子怨》、屠格涅夫的《小鹌鹑》等。

4. 生活故事

生活故事大都取材于家庭、幼儿园、学校的儿童生活，是巧加编织后构成的有趣味的故事。如果是为了游戏和娱乐，为了满足孩子的求知欲和好奇心，生活故事也许比不上童话故事和知识故事有吸引力，因为一般的生活故事往往不像童话故事和知识故事那样充满奇异色彩。但是，生活故事是直接反映现实生活的，这在儿童听来，仿佛在讲他们自己和他们身边发生的事，自然会有一种真实感和亲切感，因而也就能比较直接地引导孩子们对照自己的思想行为，认识和思考自己的生活，从而达到教育的目的。从这个意义上说，生活故事可称得上是儿童最直接的“生活教科书”。

生活故事对儿童的影响力，不仅在于所写内容是他们所熟悉的，而且在于这是作家根据儿童心理与成长的需要从儿童生活中精选素材并加以艺术典型化的。它一般具有下列特点：①突出体现孩子们积极向上、纯真美好的思想情感。②富有幻想色彩的生活情景。③以小见大，寓教育于启发之中。④情节、结构完整，单纯而又曲折。⑤细节富有儿童情趣。

5. 文学名著故事

文学名著故事是指对中、长篇文学名著进行改写包括缩写而形成的故事。被改写的名著不限于儿童文学，但有一点是肯定的，它是为便于儿童阅读而重新制作的，如英国玛丽·兰姆姐弟为孩子们改写的《莎士比亚戏剧故事集》，其具体改动都是以改写者心目中读者所具有的阅读接受水平来决定的。通过对名著有目的地改写，让更多的人花很少的时间就能读到它，实在是普及文学名著的好办法。当然，它并不能代替读原著。它的功能只是充分引起读者搜读原著的浓厚兴趣，让人感到不读原著实在是一大遗憾。

四、怎样走进故事天地

欣赏儿童故事的具体途径是多种多样的，但最根本的一点，是要认真体会故事情节的发展。因为儿童故事的最大特点是它的情节性，它以情节取胜，既重视情节的完整性，又重视情节的曲折性。

所谓情节即作品中所描写的一系列有因果关系的具体事件。由于它循序发展，环环相扣，因而构成有吸引力的故事。故事情节的发展一般经过开端、发展、高潮、结局四个步骤。绝大多数的儿童故事是按照情节发展的先后来讲述故事的，这种讲述方式容易引起儿童“后来呢?”“后来怎么样了?”的心理反应，使其情感不自觉地参与其间，直到故事结束才舒一口气。有些作者为表现主题与人物的需要，或者创造一种特殊的阅读情境，采用倒叙或部分倒叙的方法，将后发生的事情先写，造成强烈的悬念，刺激读者的阅读欲望，这类故事特别能吸引人。但读者在阅读完全部故事后，在他的脑子里会自然而然地将所发生的故事还原到正常的先后顺序，对故事全过程有一个完整的把握。

情节本身是由一系列有因果联系的事件所组成。但这些事件在作品中如何安排，表现为作品的结构。一般来说，运用最多的是时序结构，即按照事件发生、发展的自然进程和时间的先后顺序来安排故事结构，故事中没有倒叙、插叙，完全依据事件的产生、发展、高潮、结局来安排，即把几个有内在联系的事件串联起来，组成了一个有机的故事。其次为双线结构，即两条线平行或交叉发展相互补充，共同组织一个故事。再次为三迭结构，即以“三”为标志的情节安排方式，如写事件，往往三起三落，三次反复。如:写人物，往往三兄弟、三姐妹;在童话和民间故事中往往是三件宝、三斗法、三难题等。故事结构的方式可以是多种多样的，但有一点是肯定的，即结构的形式是由表达情节的需要来决定的。因而，读故事时注意作品的结构形式，并由此体会故事情节的发展，就能走进作家所描绘的故事天地，与作家一起最终完成故事的创造。

毫无疑问，要很好地欣赏一则故事，需要多方面的知识，而这些知识的获得又有赖于多读故事。熟能生巧，读多了，熟悉了故事这一文体的性质，有了丰富的阅读经验，自然就能体会出故事的妙处。

神话故事

【中国】

开天辟地

在很久很久以前，天和地还没有分开，整个宇宙的景象是混沌黑暗的一团，就像是一个巨大无比的鸡蛋。在这混沌黑暗的大鸡蛋里，不知从什么时候开始，孕育着一个巨神盘古。

盘古在大鸡蛋里孕育着，成长着，一动也不动，只是静静地躺着，呼呼地睡着。

大约经过了一万八千年，巨神盘古忽然醒来了。他睁眼一看，周围是漆黑模糊的一片，什么也看不见。盘古感到非常烦闷和气恼，他一伸手，手中就出现了一把光闪闪的大斧。盘古抡起大斧，朝眼前的黑暗混沌用力一挥，只听得山崩地裂“哗啦啦”一声巨响，大鸡蛋被劈得破裂开来，多少万年来凝聚不动的黑暗混沌的一团翻滚流动起来。其中轻而清的东西，冉冉地向上升去，慢慢地散开来，变成了蓝蓝的天；重而浊的东西，则沉沉下降，积聚起来，变成了厚重的大地。盘古站在这新劈开的天与地之间，舒展着四肢，长长地吸了一口气，感到无比的舒畅和愉快。

天和地分开了，盘古担心它们还会合拢起来，就头顶青天，脚踩大地，站在天和地中间，身体随着天和地的变化而变化。天每天升高一丈，地每天加厚一丈，盘古的身体也每天长高一丈。这样又经过了一万八千年，天升得极高极高，地变得极厚极厚，盘古的身体也变得极长极长。天和地的距离有九万里之遥，盘古的身高也有九万里之长。九万里长的盘古，屹立在相距九万里的天地之间，威风凛凛，岿然不动。

又是多少年过去了。天和地都长得很结实了，各自的位置也非常稳固了，再也不用担心它们会合拢在一起了，屹立在天地之间的盘古精力也耗尽了，他感到非常疲劳，就躺了下去。他一躺下去，便精疲力竭地死去了。

就在盘古死去的一刹那，他的周身突然发生了奇异的变化：

他口中呼出的最后一口气化成了抚育万物的风和天空中的云；他最后的一声吼叫变成了轰隆的雷霆；他留恋世界的最后一缕目光变成了耀眼的闪电；他的两只眼睛升上了天空，左眼变成了光辉夺目的太阳，照耀着白天；右眼变成了美丽洁白的月亮，照耀着黑夜；他的手足四肢和身躯变成了东、西、南、北四边和高耸入云的五岳——泰山、华山、衡山、恒山、嵩山；他周身流动的血液变成了奔涌不息的江河湖海；他遍布全身的筋脉变成了大地上纵横交错、四通八达的道路；他全身的肌肉变成了孕育万物的良田沃土；他的头发和胡须飞上天空，变成了亮晶晶的星辰；他的牙齿、骨骼和骨髓，变成了各种闪光的金属、坚硬的石头、温润的玉石、圆亮的珍珠；他的皮肤和汗毛变成了覆盖大地的花草树木；就连他的汗水也变成了滋润万物的甘霖和雨露。

盘古用他全部的精神和力量创造了天和地，死后又化为万物，才使整个世界变得丰富多彩、绚丽多姿、无比美丽。

（王世芸改写）

导读

这是一则关于天地形成的神话。宇宙是人类及世间万事万物赖以生存的空间和先决条件，世界上很多民族都有关于天地如何形成的神话，这种神话的产生与原始民族的原始信仰都分不开。由于原始信仰不同，所以创造的神话也不尽相同。神话学者们曾根据各民族文化程度的高低，得出一条定律，即茅盾在《神话研究·神话杂论》中指出的：“凡落后民族的开辟神话大概是极简陋的，渐高则渐复杂，至于文明民族，则开辟神话大都是极复杂，含有解释自然的用意，富于文学气味，并且自成系统。”这是神话在其产生和发展中的共同现象。

开辟神话产生于人类的童年时期，它反映了原始人类对宇宙生成的认识和他们的宇宙观。在中国各民族神话中，关于宇宙起源的神话也是很多的，但最早为文人采录的是盘古神话，见于《艺文类聚》所引徐整的《三五历记》《五运历年记》和任昉的《述异记》。此外的开辟神话还有纳西族的《创世纪》、彝族的《阿细的先基》、拉祜族的《牡帕密帕》、阿昌族的《遮帕麻与遮米麻》、哈尼族的《奥色密色》以及西双版纳布朗族的《顾米亚》等。各民族的创世神话虽然人物各异，但在内容上有许多共同之处。它们大都是说，宇宙开辟之前，天地混沌，连成一片，分不出黑夜和白天。之后，巨人出世，开天辟地。关于万物的起源，许多神话都说是由巨人或巨兽尸体的各部分所变成的。

世界各民族的创世神话也是异中有同。中国是盘古神从沉睡中苏醒后，手举大斧开出了天和地。希腊的天地是混沌卡俄斯衍生出来的。巴比伦是天神马尔杜克将女妖怪提阿玛特一劈两半，一半为天，一半为地。美洲印第安人认为是施舍神虔心祈祷，先出现了陆地，再用陆地上的泥土、石块做成五张饼，相继投入海中生出了大地……尽管说法不一，但有一个共同点，即都是由一个超自然力的神，运用自己的劳动和力量创造了天和地，显示了人类的创造精神和献身精神。

【中国】

抟[1]土造人

盘古死了之后，大地上出现了一个伟大的女神，名叫女娲。她有着一张美丽的人脸和苗条的蛇的身子，一天能变七十多次。女娲在莽莽的天地间行走着、观看着。美丽的空中，日月星辰交相辉映，白云在瓦蓝的天空飘忽；广阔的土地上，山川秀丽，繁花似锦，虫鸟争鸣。和风吹拂着她的长发，细雨滋润着她美玉般的面颊。女娲感到无比的欣慰和喜悦。可是渐渐地，她觉得不满足了，她总觉得这大地上还缺少点什么，使她感到寂寞和孤独。她要给这世界再添点东西，让整个世界充满生机和繁荣。

可是添点什么才好呢？女娲一边走着一边想着，不觉走到了黄河边，她感到有点疲倦了，便在河边坐了下来。她一边看着河水中自己的倒影，一边随手捧起一把黄土不经意地捏着捏着，忽然她灵机一动，世间什么样的生物都有了，唯独没有像自己一样的生物，这才使她感到如此的孤独和寂寞。那么，为什么不创造一些像自己一样有生命的东西呢？想着想着，她便将手中的黄土仿照自己的形貌捏出了一个像娃娃样的小东西。她把这小东西放到地上，说也奇怪，这小东西一接触地面，居然会直立行走，能说话，他说的第一句话就是对着女娲叫“妈妈”。女娲看着这美丽聪明的小生物，又听到他叫“妈妈”，真是又惊又喜。她赶忙又捧起泥土不停地捏造起来，不一会儿，一群可爱的小娃娃就出现在她的周围。娃娃们围绕着女娲欢乐地蹦着、跳着、笑着，“妈妈、妈妈”地叫个不停。女娲高兴极了，开怀地大笑起来，她再也不感到寂寞和孤独了。

---

① 抟，音团（tuán），把东西揉弄成球形。

女娲给这些聪明美丽的小生命起名叫作“人”，人就是能直立行走的意思。女娲决定让充满聪明智慧、能说话、会直立行走的“人”做世界的主人，管理世界上的万事万物。

为了让人充满大地，女娲不停地揉啊捏啊。可是世界太大了，当她造的人四散在辽阔的大地上的时候，还是少得可怜，而她却感到疲劳不堪了。

这时，她想出了一个绝妙的好办法，她从山崖上扯下一根野藤，把野藤伸进黄河里，搅起了黄泥浆，然后将野藤提起用力向地面上一挥洒，立刻，无数溅落在地上的小泥点都变成了欢蹦乱跳的人。用这种办法创造人，又快又省事。藤条一挥，就有一大群人出现。不久，大地上就布满了人类的踪迹。

大地上布满了人类，可是人类是要死亡的。怎样才能让人类绵延不绝地发展下去呢？女娲又在动脑筋了。后来终于给她想出了一个办法，就是把人类分成男女，让男人和女人婚配，生儿育女，叫他们自己担负起创造后代的责任。

从此以后，人类就一代一代地传下来，绵延不绝，并且愈来愈多了。

（王世芸改写）

导读

《抟土造人》是一则关于人类起源的神话。人类起源神话包含着人对于自己本身起源和价值的认识。关于人类的起源，中国各民族神话中有种种不同的说法。

1. 卵生说。比较典型的是苗族古歌神话和侗族的《龟婆孵蛋》。苗族古歌中说，人类是由枫树生成的。枫树生出“蝴蝶妈妈”，它与水泡沫结合，生了十二个蛋，这十二个蛋就变成人及其他生物。侗族的《龟婆孵蛋》则说男人和女人是从龟婆不同的蛋里孵出来的。

2. 岩石爆人说。西南许多民族的神话都讲到人类是从岩石、树杈和竹子中爆裂出来的。如独龙族神话《坛嘎朋》说，巨人坛嘎朋是从树杈巴中出来的，后来猛朋天神将女儿嫁给他，才有了人类。

3. 葫芦出人说。苗、壮、佤、傈僳、布朗、拉祜等民族的神话中都讲到人是从岩洞和葫芦里走出来的。佤族神话《我们是怎样生存到现在的》中说，人是从地洞里出来的，这个出人的地洞叫养贺。佤族《达惹嘎木造人的故事》中说，人的首领达惹嘎木劈开葫芦，人便从葫芦里走了出来。

4. 猴子变人说。如《西藏王统记》中说，人类的祖先原是一神变的猕猴，母是一岩精，二者结为夫妻，生出六个猕猴，食果实为主。后繁殖益多，果实已尽，父猴求于圣者，圣者赠以不种自收之谷，诸猴饱食其谷，毛尾转短，能说言语，就变成了人。

5. 泥土造人说。众多的少数民族神话都讲到最初的人类是天神用泥土做成的。独龙族《创世纪》神话中说，天神嘎美和嘎莎用手搓出泥土，用泥土揉成泥团，再用泥团捏成男人“普”和女人“姆”。彝族神话《天地的来源》中说，人是托罗神和沙罗神造的。他们拿黄土造人身子，用黑炭和白泥造人的眼睛，造好之后，放在太阳下整整晒了七天，才变成活人。汉族神话“女娲抟土造人”也是其中的一种说法，而且流传最为广泛。

以泥土为原料造人，可能因为人及动物一生下来就立在结结实实的大地上，各类植物也是从泥土中生长出来的，所以，人类把大地视为生命之源，自然也就把自己的诞生和泥土联系起来，再假以一双看不见的天神之手。也有不少学者认为用泥土造人的神话，与原始社会的制陶术有密切关系。

【中国】

钻木取火

远古时代的人们是没有火的。到了夜晚，人们就生活在黑暗之中，吃的当然是生的。当时，火掌握在雷神手里，只有当雷神发怒，炸起响雷，放出闪电，闪电燃起树木，发出熊熊火光时，人们才看见火。但等树木燃烧完了，火也熄灭了。树林中有些被烧死的野兽，人们吃了觉得味道比生的好多了。人们渴望得到火，可是到哪里才能寻到火呢？

火还是有的，不过那在极远极远的地方，在大地的极西极西，连太阳和月亮也照不到的燧明国里。这燧明国，不分寒暑，四季如春天般温暖；不分昼夜，光明永远照耀大地。这是怎么一回事呢？原来是燧明国里有一棵奇大无比的树，叫“燧木”。这燧木的树身几千几万个人手牵着手也抱不过来，枝叶盘曲缠绕，遮天盖地，占有几万顷的土地。正是这棵神奇的树发出照耀大地的光和热，所以又称它为“火树”。

如果能从这火树取些火种回来该多好！可是几万年过去了，谁也没有去试一试。因为燧明国实在是太远了，要翻过一千座高山，渡过一万条大河，越过荒瘠无边的沙漠，途中还有许多毒蛇猛兽拦路吃人。

这一年，有一个青年人，他有着铁打的体魄、超人的力量、卓越的智慧、吃苦耐劳的精神，他周围的人没有不夸赞他的。这青年听说燧明国有不灭的火树，决心去取一些火种回来，为人民造福。

青年带上弓箭、刀枪出发了。一路上遇到无数艰难险阻。高山挡路，他结藤攀石翻过去；大河阻拦，他伐木造舟渡过去；漫漫沙漠，他披星戴月赶过去；毒蛇猛兽要吃他，他拔出刀枪弓箭和它们搏斗，杀死它们；烈日晒焦了他的皮肤；严寒冻僵了他的手脚；风雨雷电无情地抽打着他的肌体；饥饿、干渴、劳累、伤痛曾使他一次次倒下去，他又一次次地站起来，坚强地继续前进。

时间一天天地过去。不知过去了多少年，也不知走了多少万里路，青年人只是走呀走呀，走得连太阳和月亮也被他甩在了后面。现在，路途上一片漆黑，他似是落入了黑暗王国，只能摸索着行进。

这一天，黑暗的远方，出现了一缕像晨曦(xī)一样微弱的亮光，青年人高兴得连心也要跳出来，那发光的地方就是燧明国呀！青年抖擞精神，迈开大步，向那亮光奔去。

他终于来到燧明国，站在了那棵奇大无比的大树下。大树处处闪耀着美丽的火光，像珍珠宝石一般璀璨夺目，把远近四方照耀得一片光明。

燧明国既无太阳，也无月亮，全靠这棵大树发光。那么这棵大树为什么会发出火光呢？青年仔细地观察着、寻找着。啊，看见了！原来大树上有无数个长着长脚爪、黑脊背、白肚皮，像鹞一样的大鸟，用它们那短而坚硬的嘴，不停地去啄那树干、枝条，每啄一下，就有灿烂夺目的火花迸发出来。

这个聪明的青年人，顿时悟出了取火的办法。他折下燧木上的一根小枝，试着去钻大的树枝。稍一用劲，就有火光飞溅出来。青年人非常高兴，他可以折取一些燧木带回去。可是用完了又怎么办呢？能不能用别的树枝代替燧木取火呢？他取来了别的树木试着钻下去。钻呀！钻呀！虽然比钻燧木时间长一些，但也能发出火光，把树木燃烧起来。

青年人高兴极了，即刻动身回到自己的国度，把他在燧明国发明的钻木取火的方法教给人们。人们一传十，十传百，很快大家都学会了取火的方法。

自此以后，人类就有了火。火把五谷煮烂，把野味烤熟。冬天，人们用它取暖；黑夜，人们用它照明。人们还用火来冶炼矿石，打造工具和武器。火使人类生活发生了巨大变化，促使人类迈向文明。

为了纪念那个发明钻木取火的青年，人们尊称他为“燧人氏”，并世世代代传下去。“燧人氏”就是“取火者”的意思。

（王世芸改写）

导读

这则《钻木取火》的古代神话，说的是燧人氏不远万里，历尽险难，去燧明国学会钻木取火的方法并把它传给人民，反映了中国原始时代从利用自然火，进步到人工取火，由生食进步到熟食的情况。真挚地歌颂了第一个取火给人类的英雄。火是人类文明的象征，在人类社会的发展和进化中具有重要意义和作用。世界神话记下了人由发现火、认识火、利用火到寻找永不熄灭的火种所作的艰苦努力和付出的代价。著名的希腊神话中就有盗火给人类的英雄普罗米修斯（参见本书《普罗米修斯》）。

【中国】

尝百草

女娲创造的人类，在大地上快速地繁衍。人口越来越多，自然界供给人类捕食的飞禽走兽却越来越少，忍饥挨饿渐渐成为人类生活的常态。天神炎帝便叫人类开垦土地，播种五谷，用自己的劳动换取生活资源。

为使庄稼得到充分的阳光和雨露，茁壮成长，炎帝可是操碎了心。要么命令太阳放出充足的阳光和热量，照射五谷；要么叫太阳躲进乌云里，让雨点落下来灌溉禾苗。因为是他最早教会人类种植五谷，从事农业生产，人们便尊敬地称呼他“神农”。又因为他指挥太阳为人类服务，人们又尊敬地称他为“太阳神”。

神农也就是太阳神炎帝，长着牛头人身。他刚出生的时候，在他出生地的周围就出现了彼此相连的九眼井。每汲取一眼井的水，其他井的水会跟着波动起来。当他教人民种植五谷时，便有一只美丽的红色大鸟，衔来一枝九穗禾，穗上的谷粒落在地上，神农把它们捡起来作种子，种在土地里，种子生根、发芽、开花、结果，长成又大又饱满的谷子，解决了人类的粮食问题。

人类种植五谷，从事农业生产之后，穿衣吃饭不用发愁了，但疾病又开始折磨人类，有时甚至发生瘟疫，很多人会因此失去生命。神农看在眼里，急在心里，为此忧虑不安，他一心想着能发明一种草药，让人类吃了就可以治好疾病，解除病痛的折磨。

于是神农走遍大地田野，寻找能治病的草药。可是大地上花草树木千千万万种，哪一些是能治病的？哪一些是会要人命的？谁也不知道。怎么办？神农决定仔细观察，亲自品尝，把能治病的草药寻找出来，记录下来，造福当代，惠泽后人。

各种花草树木，有的味甘，有的味苦，有的味酸，有的味咸，有的味辣。有的吃了让人神清气爽，强筋壮骨；有的吃了让人消炎止痛，祛风驱寒；有的吃了则使人中毒呕吐，昏迷不醒。神农在遍尝百草的时候，曾多次中毒，有一天竟中毒七十次。但神农一点也没有畏惧退却，只要从昏迷中苏醒过来，就又继续采集草药，亲自品尝草药的药性。

神农的这种服务人类的自我牺牲精神，终于感动了天帝。天帝派一神使给神农送来一条“神鞭”，因为这条神鞭是赭石色，所以又叫它“赭鞭”。这条神鞭果然神奇。无论什么花草树木，只要用它抽打一下，鞭子立即会改变颜色。神农可以从鞭子颜色的变化上知道草药的性能。如鞭子是白色的，这种草药就是凉性的；鞭子是红色的，这种草药就是热性的；如果鞭子是黑色的，说明这种草药有剧毒，对它就要特别小心；如果鞭子颜色没有变化，说明这种草不能治病，就不要记入草药之列。

靠着神鞭的帮助，神农采集药草既快速又安全可靠。后来白氏国的国王，听说神农为人民治病采药，曾经多次中毒，又给他送来一头药兽，人若生了什么病，只要用白氏国的语言抚摸药兽的脊背说一说，药兽就会自动跑上山去，衔回来一株药草，病人服下去后，立刻见效。

有了神鞭和药兽，神农采药、治病就好办多了。可是时间一长，神鞭和药兽也有老化失灵和出错的时候，使用起来就不那么安全可靠了。为了人民的生命安全，神农决心改进方法。他在山西太原的神釜冈造了一只大鼎，把采来的各种药草放在大鼎里煮熬成汤和膏，然后亲自尝一尝，看看药性如何。经过煮熬后的药，疗效果然比以前好多了。神农于是广收徒弟，把各种采药、熬药、治病的知识传授给他们，对症治疗，让更多的病人得到及时治疗，转危为安。

人类自从有了神农发明的草药之后，生活质量和身体状况都有了很大改善，不仅疾病能得到及时治疗，减少了许多苦痛，而且能健康长寿。

可是，人类的医祖神农，却在一次尝一种开着小黄花的藤状植物时，不幸肚子剧烈疼痛，断肠而死。神农为了人民的幸福，牺牲了自己的生命。后来，人们便称这种植物为“断肠草”。至今，人们一见到那攀缘在山崖前院上开着小黄花藤状植物时，就会立刻警惕起来，不愿去碰它。

（王世芸改写）

导读

《尝百草》的故事出自《淮南子》，故事的主角是炎帝神农，在不同的神谱里，又称为“地皇”或“人皇”，都是与大地和人类关系最为密切的神。

《淮南子·修务训》说：“神农乃始教民播种五谷……尝百草之滋味，水泉之甘苦……当此之时，一日而遇七十毒”。《帝王世纪》称：“炎帝神农氏……尝味草木，宣药疗疾，救夭伤人命，百姓日用而不知，著本草四卷”。

《淮南子》是西汉皇族淮南王刘安（公元前179—公元前122）及其门客收集史料集体编写而成的一部哲学著作，在阐明哲理时，旁涉奇物异类、鬼神灵怪，保存了一部分神话材料，像“女娲补天”“神农尝百草”“后羿射日”“共工怒触不周山”“嫦娥奔月”“塞翁失马”等古代神话。《帝王世纪》是西晋时期皇甫谧（215—282）编著的一部专门讲述帝王世系、年代及事迹的史书，所叙上起“三皇”，下迄汉魏。对“三皇五帝”至曹魏数千年间的帝王世系做了较为详尽的考证和整理，把上古历史推到了“三皇时代”，把中国历史起源提前了数千年。他还是著名的医学家，其著作《针灸甲乙经》是我国第一部针灸学的专著。

所谓“著本草四卷”，即后世流传至今的《神农本草经》，这是我国第一部系统论述药物的著作，与后世的《针灸甲乙经》一起，已经成为中华医药宝典。所谓“三皇五帝”，历来有不同说法，流传最广的“三皇”是指天皇伏羲、地皇神农、人皇少典，也奉为三位天神。还有一种说法，天皇伏羲是人首龙身，地皇女娲是人首蛇身，人皇神农是牛首人身。总之，天、地、人的宇宙观和历史观是一致的。

说神农长相奇特，牛头人身，也许因为神农是远古时代伟大的农业之神，他教会人类播种五谷，解决了人类粮食危机，才使人类繁衍发展下来。神农就像几千年来帮助人类耕种的老牛一样，对人类有恩有贡献，才被后人想象成牛人合体的大神。其实，神农是我国新石器时代晚期的部落首领，传说是中国农业和医药的发明者。《尝百草》就是从农业和医药的视角，讲述了神农把人类的生命和健康放在第一位，一生为民服务，直至牺牲自己生命的感人故事。神农不仅是一位勤劳勇敢、聪明善良的人，更是对人类有大恩大德的人，为了怀念他缅怀他，后人将成书于汉代的我国第一部中药学著作《本草经》，命名为《神农本草经》。在旧时的药铺里都挂上一幅画像，祈求药神保佑，那个浓眉大眼、笑容可掬、腰围树叶、手执草药的药神，就是神农氏。传说山西太原有个神釜冈的地方，那里还存放着神农煮熬百草尝遍药性时的大鼎。又说在咸阳山中，还可以找到当年神农用神鞭辨识药性的地方，那山名就叫“神农原”或“草药山”。

传说中，神农不仅是牛首人身，还有善于辨识药性的奇特结构和功能。据说，神农身材瘦削，身体除四肢和脑袋外，都是透明的，因此五脏六腑都能清晰可见，这样神农尝百草时，只要药草有毒，服下后他的内脏就会呈现黑色；还有什么药草对人体哪一个部位有影响，也可以直观地观察到。因为神农尝草药尝得太多，有时一天中毒高达七十次。像神农这样生活在上古时期，为人类做出卓越贡献的部落首领或部落联盟首领，后人都会追尊他们为“皇”或“帝”，敬为神灵，以各种美丽的神话、传说来传扬他们的伟大业绩，并且特意将“上古时代”称为“三皇五帝时代”，简称“三皇五帝”，后人公认是“三皇五帝”率领民众开创了中华上古文明。

炎帝为“三皇”之一，或“地皇”或“人皇”，那“五帝”又是哪“五帝”呢？传说中的“五帝”是黄帝、颛顼、帝喾、尧、舜。这种说法普遍得到认可。现行商务印书馆出版的《现代汉语词典》，其附录部分《我国历代纪元表》的开元历史，就包括上述的“五帝”。其实五帝都是古华夏部落联盟的首领，是我国远古时代华夏民族的共同祖先，黄帝为五帝之首，被尊为中华“人文初祖”。相传，秦始皇为表明自己位置的崇高无比，特意选用三皇之“皇”和五帝之“帝”，自称为“皇帝”。将炎帝和黄帝并列的说法，大约始于汉代。但从人类社会学的演进史来看，神话中的炎帝及黄帝应该都是远古时代部落的联盟共主，据《山海经》记载，炎帝曾经在两次“黄炎大战”中败北，即“阪泉之战”和“涿鹿之战”，而且炎帝败得心服口服，甘愿称臣，发誓不再与黄帝抗衡，最终确立了黄帝的领导地位，奠定了黄帝轩辕氏在中国人文始祖的最后地位，也实现中华民族第一次伟大统一。

中华民族经历原始文明、农业文明、工业文明的发展，如今已经进入生态文明的新时代，但农业和医药这两项始终关系人类的生存与健康，而且在一定时期还会凸显出无比重要的地位。2019 年冬至 2020 年春暴发的新型冠状病毒肺炎（COVID-19），已经在全球蔓延肆虐超过半年之久，至今仍然没有向好的拐点出现。据美国约翰斯·霍普金斯大学实时统计数据显示，截至北京时间 2020 年 6 月 22 日

20 时 33 分许，全球新型冠状病毒肺炎确诊病例逼近 900 万例，累计死亡超 46 万例。世界卫生组织总干事谭德塞表示，这场疫情仍在继续，其影响可能将持续数十年。在这场关系人类命运的全球抗疫斗争中，中华医药在防疫和治疫方面都发挥着有目共睹的巨大作用。此时重温有关神农尝百草的故事，有一种中华民族自豪感和中华文化自信心。我们应该光大中医药事业，为构建人类命运共同体、造福人类健康和建设人类文明，提供中国方案、中国智慧和中国贡献。

【希腊】

奥林匹斯山诸神

未有宇宙之时，一切都混浊不清，无影无形。没有天，没有地，没有日月，没有空气，只有漆黑一团的混沌。这混沌叫卡俄斯。他和妻子——夜的女神尼克斯统治一切。他们生了黑暗，叫厄瑞布斯。

时间长了，卡俄斯和尼克斯厌倦了统治工作，便叫黑暗神——他们的儿子厄瑞布斯帮助管理。厄瑞布斯伺机推倒了他的父亲，娶他母亲为妻，生了两个美丽漂亮的孩子——光明和白昼。光明叫菲比，白昼叫墨洛斯。

光明和白昼也起来推倒了厄瑞布斯，他们来统治，并让他们的儿子厄洛斯即爱来帮助。他们一起创造了海洋俄刻阿努斯和大地盖亚。厄洛斯给大地以柔嫩的草、绿荫的树、鲜艳的花、飞鸣的鸟和奔走的兽，给海洋以各种游泳的鱼和虾。

大地盖亚从自身生了天神乌拉诺斯。天神乌拉诺斯和其母盖亚结合，先是生了六个怪物：三个各长着五十个头、一百双手，另外三个都是只长着一只眼睛，巨大如轮，嵌在前额中间。这些怪物总称为屈克罗佩斯。此后，天和地又生了六个男孩、六个女孩，这十二个儿女都如高山一样巨大，总称为提坦神。

天神乌拉诺斯非常惧怕和仇恨他的这些儿女们，把他们一个个关到地下黑暗的深渊——塔耳塔罗斯地狱里。

地母盖亚见儿女们受到如此虐待，极为愤怒，便鼓动儿女们起来反抗。小儿子克罗诺斯挺身而出，做了反叛的首领。他用母亲给的弯刀，割残了乌拉诺斯的身体，伤口流出的血滴到大海里，海水立即发出泡沫，从泡沫中生出一个洁白而美丽无比的姑娘，她就是最受众神喜爱的爱与美之神。她的希腊名字叫“阿佛洛狄忒(tè)”，意思是：“从海水泡沫中出来的”。她的罗马名字则叫“维纳斯”。乌拉诺斯还有几滴血落在地上，血中生出了复仇女神欧墨尼得斯。

现在克罗诺斯代替父亲成了天上的王。但是，他一登上王位，立即把他的兄弟姐妹们又扔进塔耳塔斯地牢囚禁起来，只留下妹妹瑞亚为妻。

乌拉诺斯被推翻时，曾诅咒他的儿子克罗诺斯，说他将来也必为其儿子所推翻。克罗诺斯害怕父亲的诅咒应验，便把和瑞亚生的孩子一个个都吞进肚子里。瑞亚见心爱的孩子一个个被丈夫吃掉，痛心至极。当她怀第六个孩子时，便偷偷地躲到克里特岛上，在狄克忒的山洞里生下了儿子宙斯。瑞亚把一块石头包在襁褓里当作婴儿给克罗诺斯吞下。然后派了两个枯瑞忒巨人守卫着婴儿，当他啼哭时，他们便用刀枪敲击盾牌掩盖哭声，以免让克罗诺斯听见。

宙斯在山洞里平安地长大了。他周身充满了力量，决心把被克罗诺斯吞进去的哥哥姐姐们救出来。他在智慧女神墨提斯的帮助下，给克罗诺斯吃了呕吐药，迫使他把吞下的孩子一个个吐出来。宙斯联合这些哥哥姐姐们在众神的帮助之下，终于打倒了克罗诺斯。

宙斯代替父亲成了众神之王，他和哥哥姐姐瓜分了父亲的天下。他叫哥哥波塞冬管理海洋；哥哥哈得斯管理冥界；他让姐姐得墨忒尔为新地母，掌管农业五谷之事；他的大姐赫斯提思做了贞女神，管理家庭灶火。宙斯娶了他的另一个姐姐赫拉为妻。赫拉是婚姻和家庭的保护神。

宙斯率领众神，住在高高的连接着天和地的奥林匹斯山上。他一手握着权杖，一手擎着雷霆——这雷霆是巨大库克罗普斯专为他铸炼的武器，威力无比。他靠着这武器统治着神和人的世界。

以后，宙斯又先后生了战神阿瑞斯，智慧女神雅典娜，太阳神阿波罗，月亮和狩猎神阿尔忒弥斯，火神和神匠赫淮斯托斯，神使赫尔墨斯等诸神，组成了庞大的奥林匹斯山神的家族。

（王世芸改写）

导读

古希腊神话故事，是一则高度浓缩了的关于诸神诞生及神谱族系的神话。对于主宰天地万物的神，人类按照自己的形象和生活方式，想象着他们和人一样有着出生、亲缘、分工和继承的关系。在世界神话中，当推希腊的奥林匹斯山神系最为完整。

奥林匹斯山神系包括前后两个系统。前奥林匹斯山神系的主要内容为神的产生、开天辟地、人类起源、神族谱系等。在古希腊人的想象中，诸神居住和活动在希腊最高的奥林匹斯山上，所以称奥林匹斯山诸神。奥林匹斯山诸神的故事主要叙述宙斯取得大神宝座的经过。故事中留有人类史前蒙昧时代生活的痕迹。后奥林匹斯山神系是以宙斯为中心的一组神话。宙斯成为奥林匹斯山上诸神首领之后，娶姐姐赫拉为妻，建立了一个家族，由族中诸神分掌宇宙与人间的万事万物。主要有十二位神，常被人们提到的有宙斯之子阿波罗，他天天驾着金光灿灿的太阳车驰过中天，是太阳和光明之神；全副武装地从宙斯的头脑中跳跃而出来的是智慧女神雅典娜，她英勇善战，是女神中的佼佼者，后来成为雅典城邦的保护神；此外九个缪斯是文艺女神，这一神系是古希腊人按照人类父权制家庭形式创造出来的，它反映了古希腊“英雄时代”的社会面貌。

【希腊】

普罗米修斯

天和地被创造出来了，大海欢快地奔腾，鱼儿在水里自由自在地嬉游，飞鸟在空中鸣叫，小鹿在树林中欢跳。可是，缺少一种生命来支配管理这熙熙攘攘的世界。

这时，先觉者普罗米修斯降临到大地上。他是天神乌拉诺斯和地母盖亚的孩子，机敏而极富智慧。在宙斯篡夺王位的斗争中，他站在年轻者一方，打败了克罗诺斯。当宙斯在奥林匹斯山上瓜分世界时，他不愿做神，便来到了大地上。他知道神的种子隐藏在泥土里，便撮了一些泥土，拌和着清莹的泉水，按照天神的样子揉捏成人；又从各种动物的心中取了善和恶封闭在人的胸膛里。他的好朋友智慧女神雅典娜对普罗米修斯的创作非常惊奇，便助他一臂之力，将神圣的呼吸和灵魂吹送给了这被创造的生物。最初的人便这样诞生了。

刚刚诞生的人还非常软弱，生活条件也极差。他们住在阴暗、潮湿的洞穴里，不会制造、使用武器和工具。既受风雪寒暑的侵袭，又受毒蛇猛兽的残害；既缺乏足够的食物，又常为疾病和死亡所威胁。人类的创造者和保护者普罗米修斯非常同情人类的不幸，决心帮助人类摆脱这种痛苦。当阿波罗太阳车从天空中经过时，他用茴香杆引来了火种，送给人类。

人类有了火，便有了光明和温暖，增添了征服自然、战胜疾病和猛兽的力量。普罗米修斯又教给人类烹调、建筑、航海、采矿、天文、算术、医药、文艺等各种技艺和知识。人变得聪明了，有智慧了，生活快乐而幸福。社会日益文明而昌盛起来。

普罗米修斯偷火给人类的壮举，激怒了天神宙斯，他要严惩这一心向着人类的神。他叫火神和铁匠神赫淮斯托斯打造了最结实的锁链和楔子,叫强力神和暴力神协助神匠,把普罗米修斯绑在高加索山的悬崖绝壁上,让他被笔直地吊着,既不能屈膝,也不能睡觉。宙斯又命令暴风雨吹打他,放出雷电劈击他,还派了一只巨大的鹫鹰,每天去啄食普罗米修斯的肝脏。肝脏白天被吃掉了,夜里又长出来,供鹫鹰第二天啄食。如此循环往复。

普罗米修斯受的酷刑震惊了海的女儿们,她们呜呜咽咽地拥到高加索山的山脚下,安慰普罗米修斯。海神也乘着马车赶来,劝普罗米修斯向宙斯认错,和宙斯和解。普罗米修斯拒绝了,说:“不,绝不和宙斯和解。”

就这样,普罗米修斯被孤苦伶仃地锁在高加索山上,忍受着宙斯加给他的种种酷刑。直到三万年后的一天,伟大的英雄赫剌克勒斯来到高加索山,看到这神的后裔被囚在悬崖绝壁上,巨鹰正站在他的双膝上,撕扯他鲜血淋漓的肝脏,禁不住同情这可怜的受难者。他弯弓搭箭,射死巨鹰;又砸开了锁链,把普罗米修斯解救下来。这位伟大的英雄普罗米修斯,最高尚的圣者和殉道者,为人类所受的苦难才算终止。

(王世芸改写)

导读

古希腊神话中,有的神的故事和英雄传说已十分相近,其中最著名的就是关于普罗米修斯的故事。普罗米修斯是造福于人类的神。他创造了人,又教给人类各种技艺和知识,特别是他把天火盗到人间,使人类获得了划时代的进步,为此受到宙斯严酷的惩罚。他被绑在高加索山上的悬崖之上,恶鹰每天来啄食他的肝脏,白天食尽,夜晚复生，周而复始，疼痛不已，但他始终不悔，坚强不屈，被马克思誉为“哲学上的圣者和殉道者”。

关于火的发现的神话，人们大多知道中国神话有《钻木取火》这则故事，却不知道也有一位普罗米修斯式的窃火者——哈尼族神话《阿扎》讲述的就是这样的故事。《阿扎》中说，很早以前，哈尼族居住的阿戛鲁卡地方被冰寒笼罩着。人们需要火种，但火种是一个魔怪头上的一盏眉心灯。为了取得火种，结束人间的灾难，阿扎历尽千辛万苦，战胜妖魔，取得火种带回家乡，而他自己却壮烈牺牲了。

【希腊】

潘多拉的匣子

宙斯狠狠地惩治了普罗米修斯，还是余怒未消。现在他把报复的目光转向了人类。但是，人类既已掌握了火，他就不能再从人类手里把火夺回去。宙斯打定主意，要给人类制造一种新灾难。

宙斯命令神匠赫淮斯托斯精心制造了一个天下无双的美女，又召来众神，让每个神都送给她一件礼物。神使赫尔墨斯送给她能说会道的口才；狩猎神阿尔忒弥斯使她获得力量和灵活；爱与美之神阿佛洛狄忒给她迷人的媚态；天后赫拉给她贵妇人的高雅；智慧女神雅典娜用最鲜亮华美的服饰装扮她。宙斯给她取名叫“潘多拉”，意思是“大家的礼物”，并送给她一只精致美丽的小匣子。然后，命令赫尔墨斯把她送到人间去。

赫尔墨斯领着潘多拉来到普罗米修斯的弟弟厄比墨透斯的家里，让他娶这非凡美丽的姑娘为妻。厄比墨透斯是个缺乏智慧的人，虽然普罗米修斯一再警告过他：“不要接受天上送来的任何礼物，因为天神宙斯对人类一直没有好感。”但厄比墨透斯一见到潘多拉，就被她的千娇百媚迷住，毫不犹豫地接受了她，而把兄长普罗米修斯的叮嘱忘得一干二净。

厄比墨透斯和潘多拉结婚后，两人和和美美，相亲相爱，生活十分快乐幸福。一天，潘多拉一人在家里，眼光无意中落到了宙斯送给她的那只精致的匣子上。“里面装的是什么呢？”潘多拉思忖着，“让我把它打开来瞧瞧吧，说不定是最珍贵的礼物呢。”她一面想着一面动了一下锁，啊！原来锁已经打开了，仅仅挂着一点点。她取下了锁，轻轻地将盖子一掀，突然从匣子里飞出了无数个可怕的怪物：饥饿、疾病、贪婪、嫉妒、怨恨、复仇……它们像是一团乌云，在潘多拉的身边，在整个房子里盘旋、环绕，又从窗子和门飞了出去，散布在整个大地上。

潘多拉吓呆了，赶忙把盒盖子盖下，可是晚了，所有与人类为敌的灾害和不幸都跑了出去。只有一样东西还未来得及跑出去，那就是“希望”。

宙斯送给人类的礼物很快结出了恶果。现在，灾害和不幸充斥人间。人类受着各种疾病的摧残、各种灾害的折磨、各种不良思想的侵袭，死神也加快脚步在人世间穿梭、忙碌。但是，还有“希望”留在人间，藏在人们心底，抚慰着人们的忧伤和痛苦，支撑着人类同各种疾病、灾害作不屈的斗争，给人们战胜它们的勇气和力量。

所以，至今不论邪恶多么猖狂，灾难多么深重，只要有“希望”存在，任凭什么厄运，也不能把人类摧垮。

导读

潘多拉是希腊神话中出现的第一个女人形象。潘多拉在希腊语中意为“被赐予的一切”，或“具有一切天赋的女人”。而这个女人却是按宙斯的意志创造出来的，目的是要借她来惩罚因普罗米修斯的帮助而得到火种的人类。潘多拉私自打开宙斯让她带给厄比墨透斯的一只盒子，于是里面所装的疾病、疯狂、罪恶、嫉妒等祸患一齐飞出，只有希望留在盒底。人间因此充满各种灾祸。这个神话用艺术的荒诞来解悟人生，极富哲理意味。“潘多拉的匣子”常用来比喻灾祸的根源，在西方已成为妇幼皆知的成语。这个神话故事在近代艺术中还得到了广泛的应用。如鲁斯本的绘画，门德尔松的合唱乐曲，伏尔泰作词、罗涅作曲的歌剧等，都很著名。许多国家的作家都把这个故事写给孩子读。我国著名儿童文学家叶君健先生就曾创造性地把这个欧洲人人皆知的故事写给中国孩子看，名为《潘朵娜的匣子》，成了《潘多拉的匣子》的优秀“中国版”。

【古希伯来】

亚当和夏娃

上帝在第一天至第五天创造了天、地、日、月、星辰、空气、水和各种动植物。第六天，上帝按照自己的形状，用尘土捏成了人体，从他的鼻孔里吹进了生命的气息，这人就成了有灵魂的活人，上帝给他起名叫亚当。

在东方肥沃的土地上，上帝建造了一个园子，这就是著名的伊甸园。上帝使园子里长出各种树木，树上结着许多既好看、又香甜可口的果实。在园子的中央长着两棵不同于一般的树。一条河水从园里经过，滋润着园中的树木。河水流出园子之后，分成四条河流出去。

上帝把亚当安置在伊甸园里，让他栽种和看管园子里的树木。上帝告诉他："你可以随意吃树上的各种果子，但园中那棵辨别是非之树的果子不可以吃，因为你若吃了，必定要招致死亡。"

从此，亚当就在园中住了下来，饿了摘树上的果子吃，渴了喝河里的水。上帝觉得他一个人孤单单的不好，就把各种飞禽走兽引到园中来陪伴亚当，亚当叫它们什么，那就是它们的名字。他给所有的飞禽走兽都起了名字。但亚当仍然觉得很孤独，因为他身边缺少一位生活伴侣。

于是，上帝就让亚当昏昏沉沉地睡去，然后从他的身上抽出一根肋骨，用这根肋骨造了一个女人，送到亚当面前。亚当高兴地说："她是我'骨中之骨''肉中之肉'，可以称她为'女人'。"因这个缘故，男人离开父母后，应和女人结合，夫妻成为一体。

亚当和女人结为夫妻，在园中快乐地生活。那时，他们都赤身裸体。

在上帝所造的各种动物中，蛇是最狡猾的。有一天，蛇问女人：“你为什么不吃那辨别善恶之树上的果子呢?”女人回答道：“上帝不许我们吃。说吃了那果子就会死的。”蛇便鼓动女人道：“那是上帝骗你们的，你们根本死不了。上帝不让你们吃，是怕你们吃了那果子之后，眼睛明亮了，就会像上帝一样分辨善恶了。”

女人听信了蛇的话，见那辨别是非树上结的果子又大又可爱，又听说吃了可以增长智慧，便伸手摘了一个禁果吃起来，味道果然鲜美。她又劝她的丈夫也摘一个吃了。

吃了果子之后，二人的眼睛突然明亮了，这才发现他们原来是赤身裸体的，觉得不好意思起来。他俩赶忙摘了许多无花果的叶子，编成裙子围在腰上。

有一天，上帝到伊甸园散步，夫妻二人听到上帝的脚步声之后，赶忙躲到树丛中藏了起来。上帝不见有人，就大声地问：“你们在哪里?”

亚当回答道：“我听见你走近的声音，害怕得躲了起来，因为我赤裸着身体啊。”

上帝一惊，忙问道：“谁告诉你，说你是赤身裸体的？你是不是吃了我禁止你们吃的果子了?”

亚当知道闯祸了，就把罪责推到夏娃身上说：“是你赐予我的女人让我吃的。”

上帝申斥女人：“你为什么要这样做呢?”

女人辩解道：“是蛇叫我吃的。”

上帝一听大怒，就诅咒蛇道：“你将永远用肚子在地上爬行，以土为食，并将与人类为敌。”

上帝又对女人道：“我要让你备受怀孕、分娩的痛苦，你必恋慕自己的丈夫，受丈夫的管辖。”

然后上帝对亚当说："你听从妻子的话，吃了禁果，因此你必将遭受土地的折磨，终生艰辛劳作，才能尝到地里出产的食物。地里要长出荆棘和蒺藜，你要以田野里长出的植物为食。你只有满面流汗才能糊口，直到归了黄土的时候。因为你本从尘土中来，仍要归尘土中去。"

亚当给自己的妻子取名"夏娃"，就是"众生之母"的意思。

上帝用兽皮给这对夫妇做了衣服，让他们穿上遮蔽身体。又恐他们再摘生命之果吃，就把他们逐出了伊甸园。

上帝另派了一个天使驻守伊甸园，在通往生命之树的路上，又放了一把四面八方旋转着、发出火焰的剑守护着。

（鲁安基改写）

导读

对于人类自身的来源，是原始人最为关心的课题之一，各个国家和民族对此做出了种种探寻和解答，既有相似之处，又各具特色。如中国神话认为是女娲抟黄土为人；希腊神话认为是普罗米修斯以神为榜样捏土为人，雅典娜等神相助给予了智慧和生命。但希伯来人认为是上帝以泥造男人亚当，又从亚当身上抽出肋骨造女人夏娃，这就是这则古希伯来神话《亚当和夏娃》所讲的故事。

古巴勒斯坦沿地中海延伸的海岸平原带，是"流着奶浆和蜜汁"的丰腴之地。公元前12世纪，一支游牧民族入主这一地区，这一地区的土著人把从幼发拉底河那边来的犹太人叫作希伯来人，意为"从河那边来的人"。古希伯来人的文学精华都汇集在《旧约》一书中。《旧约》意为"耶和华和人订立的协约"。这是一部宗教经典，它代表了希伯来·基督教文化，其中最精彩的是古代神话和英雄传说《旧约·创世纪》，即“创世神话”。创世神话里关于上帝耶和华、人类始祖亚当和夏娃、挪亚方舟和巴比伦塔的故事，在西方尽人皆知。

随着中西方文化交流的日益深入，像“亚当和夏娃”“伊甸园”“禁果”这些名词已被越来越多的中国人所熟悉和运用。比如“禁果”在西方已是一个成语典故，“禁果”就是智慧的果子，能让人心明眼亮、分辨善恶的果子。而在我们的运用中，其含义却悄悄有了变化，比如将少男少女的早恋行为称为“偷食禁果”等。

【古希伯来】

挪亚方舟

亚当、夏娃被逐出伊甸园之后，就在大地上营建了新的家园，他们辛勤劳动，生儿育女。他们的儿女又生了许多儿女，大地上遍布着人类。

由于上帝的惩罚，人要付出艰辛劳动才能获得一点食物，生活非常艰苦。渐渐地，人的心里滋长了怨恨和恶念。为了争夺财产、食物，他们无休止地打仗、争斗、流血，相互残杀、相互掠夺，人世间充满了暴力和罪恶。这使人类的罪孽更加深重，道德愈加败坏，他们再也不把上帝放在眼里，不再倾听上帝的训令了。

上帝对于人类的罪孽深感痛心和忧伤，他后悔创造了人类。既然是他创造了人，那么他也可以毁灭人。于是，上帝决定发一场大洪水，把大地上的人和动物统统毁灭，结束这罪恶的人世。但上帝又于心不忍，舍不得把他的创造物全部毁掉。他希望留下一些好人，由这些好人繁殖新的一代，建立一个美好幸福的新世界。

在所有罪孽的人中，上帝看中了挪亚。挪亚心地善良，安守本分，敬奉上帝。他的三个儿子也都是规规矩矩的人。上帝决定让这一家人活下去，便把将要用洪水消灭人类的消息提前告诉了挪亚，让他建造一个大方舟，以避洪水。

挪亚听从上帝的旨意，赶紧和儿子们动手，造了一个方舟。这方舟里里外外都涂上沥(lì)青，长四百五十尺，宽七十五尺，高四十五尺，分上、中、下三层。舟上留有一个门、一个窗。

上帝见方舟造好了，就叫挪亚和他的妻子、儿子、儿媳们搬进方舟，又叫他们把各种动物的一公一母带上方舟，还带了许多种谷物粮食。

七天之后，天下起了滂沱大雨，大雨一直下了四十个昼夜。洪水泛滥成灾，大地一片汪洋，连最高的山也被淹没。人、飞禽、走兽……大地上的一切生物都被洪水淹死了。只有载着挪亚一家的方舟，漂泊在无垠的水面上。

上帝惦记着挪亚一家和方舟上的那些动物，他见大地上的人类和生物已被洪水毁灭，就让雨停了，又令强风吹干大地。水势开始下落，但落得很慢。雨停了一百五十天，还看不到一块陆地。第七个月，挪亚的方舟终于在亚拉腊山停了下来，不再漂流。到第十个月，山顶从水面露了出来。

又过了四十天，挪亚打开方舟的窗子，放出了一只乌鸦，以了解一下水退的情况，是否有陆地了。但乌鸦很快飞了回来。后来，挪亚又放出了一只鸽子，鸽子也飞了回来。过了七天，挪亚又把那只鸽子放了出来。黄昏的时候，那只鸽子嘴里衔着一支橄榄枝飞了回来。这表明某个地方已露出陆地了。又过了七天，再放出那只鸽子，这次鸽子没有飞回来。挪亚知道洪水已完全退了，大地干了。

挪亚领着他的一家走出了方舟，把方舟里的动物也都放了出来。

为了感谢上帝的恩德，他筑起了一个祭坛，把上帝喜爱的祭品供献给上帝。

上帝嗅到了祭品的香气，决定今后不再用洪水惩罚人类了。他在天上挂起了一道七色彩虹，作为和大地上一切生灵永远和好的标志。

（鲁安基改写）

导读

《挪亚方舟》与中国神话《葫芦兄妹》都是洪水神话，中心情节十分相似，但人物一是挪亚一家，一是兄妹；求生的工具一是方舟，一是葫芦。这样的分野中究竟蕴藏着什么样的文化背景，很值得研究。上帝因为人类世界太腐败，所以除恶务尽。但上帝又考虑到挪亚是个正直的人，无可指责，与上帝同行，是上帝德行的化身。因此，上帝又决定让他一家人活下来。这说明上帝也有是非观，人类应该检点自己的行为，多行善事；否则，腐败争斗，就是自取灭亡。这场洪水之后，人虽仍存恶念，但上帝已决意不用发大水毁灭一切生物的办法来改造人类了。上帝与人类立了约，在天上挂起了一道七色彩虹作为和大地上一切生灵永远和好的标志。将上帝疾恶如仇的性格与善良慈悲的本性很好地统一起来，让人肃然起敬。

今天，“挪亚方舟”已成了成语典故，意为人类生存的地方，即地球。今天的地球人从这个古老的神话故事中仍然能够得到多方面的启发与教益。

民间故事

【中国】

葫芦娃

早先，在一个清静的小院里，住着母女俩，姑娘长得美极了，心肠也好。

有一天，刚下过雨，她忽然看见一只小燕子一瘸一拐地在院子里蹦跳着。姑娘走过去，把小燕子托在手心上，仔细端详着，越看越喜欢。姑娘用绷带给小燕子绑好，每天给它饮水、喂食。渐渐地，小燕子的伤好多了，会飞了，每天都在院子里飞上几圈。姑娘非常高兴，在一个晴朗的早晨，姑娘对小燕子说："你的伤已经好了，可以去找你的父母和你的小伙伴了。"说罢，把小燕子托在手上高高举起，小燕子就势飞走了。姑娘立刻觉得好像缺少了什么，非常想念朝夕相伴的小燕子。过了两天，小燕子又飞回了清静的小院，嘴里还叼着一个白色的东西。姑娘看着小燕子归来，高兴极了，伸开手心，燕子没有飞到她的手心上，而是把嘴里叼着的东西放在姑娘的手心里，又飞走了。姑娘定睛一看，是一颗葫芦籽儿，姑娘把葫芦籽儿种在窗根下。不久绿叶儿爬满了天棚。过了些日子，就在天棚正中间结了一个葫芦，葫芦一天比一天大了，快成熟了。姑娘每天都要摸上两遍。这天，姑娘用手心托着葫芦，小心地抚摸着。突然，葫芦裂开了，站在自己手心里的是一个非常漂亮的小男孩。姑娘赶紧喊妈妈，妈妈扯了点布，给这个光着屁股的小男孩做了一身大红衣。从此，葫芦娃管姑娘叫姐姐，管老太太叫妈妈，一家人非常快活。

一天，突然一阵妖风刮进院内，把正在晾衣服的姑娘刮走了。一时，妈妈找闺女，弟弟找姐姐，到处寻找，咋也找不到。后来听说，在远远的一座山上住着一个老妖怪。葫芦娃想：姐姐很可能在那儿，我一定要把姐姐找回来。

这一天，葫芦娃对妈妈说："我去找姐姐，不管怎样我一定要找到她。"妈妈流着眼泪，说："我的好孩子，你上哪里找哇？"葫芦娃说："我打算到那座远远的巫山上去找。妈妈，您放心吧，我找着姐姐就回来。"妈妈给他准备好干粮、衣服，送葫芦娃走到村口外。葫芦娃一步一回头："妈妈，您在家等着我和姐姐回来吧。"妈妈点点头，没说话，望着远去的孩子，直到望不见才回家。

葫芦娃趟过了一条条河，穿过了一片片树林，又来到了沼泽地。这杂草丛生的地方爬的都是小水缸那么粗的长虫（草蛇），一步走不好就要掉进深泥塘再也上不来，这可怎么办？葫芦娃真着急死了。正在他着急的时候，来了一群燕子，它们自动搭成桥形，叫唤了一阵，葫芦娃知道燕子要驮他过这片沼泽地，他就闭上眼睛坐了上去。不一会儿，就过了这片泥塘。葫芦娃向燕子道了谢，可眼前又出现了一座大高山。这座山又高又陡，他试着爬了好几次都没能上去。但他不甘心，继续往上爬，好容易爬到半山腰，没想到，一阵大风把葫芦娃刮到了山脚下，身上、脸上全都渗出了血，他昏过去了。不知什么时候，葫芦娃醒来了，他还是继续向山上爬，手指头抠出了血，身上的衣服成了碎片片。最后，他终于爬上去了。山上有一间朝西的小屋子，葫芦娃轻手轻脚地来到墙根下，只听见有女人的哭声。他用舌尖儿把窗户纸舔了一个小窟窿，一看，正是自己的姐姐。他高兴极了。叫道："姐姐，我救你来了！"他姐姐一看弟弟来了，甭提多高兴了，忙说："兄弟，你要想救我出去，必须得拿到钥匙。可钥匙在老妖手腕上戴着呢，现在老妖正睡觉，你要想个好办法，可别让他抓住你，让他抓住，你可就没命了。"葫芦娃说："姐姐，你放心吧。"说完，他蹑手蹑脚地来到老妖房间，走到老妖跟前，从老妖手腕上往下扒钥匙。突然老妖醒来了，"嗷"地叫了一声："哎？生人味，不好了，有人偷我的钥匙。"睡得正香的老妖翻身爬起，伸出长毛爪就要抓葫芦娃。葫芦娃觉得不妙，就"嗖嗖"地爬到房子的大柁上，老妖没抓住葫芦娃，就用他那大牙啃那柱子。一口、两口，柱子马上就要倒了，葫芦娃眼看就要摔下来。这时葫芦娃急中生智，用尽全身的力气把马上要倒的柱子对准老妖的头部用力一推，不偏不歪一下子砸在老妖的头上，老妖当场就断了气儿。葫芦娃从老妖手腕上扒下钥匙，救出了姐姐，姐姐高兴地把他抱在怀里。

姐弟俩高高兴兴地往家走。姐姐问弟弟："妈妈好吗?" "好！就等你回去看她老人家了。"姐弟俩来到山泉边，只见山泉水清澈见底，葫芦娃用双手捧起泉水喝了两口，突然葫芦娃长高了，一下子变成大小伙子了。姐姐看弟弟一下子长大成人很是喜欢。姐弟俩高高兴兴地回家去看妈妈，一家人过上了团圆、幸福的生活。

（田金环采录）

导读

葫芦娃的故事各地都有不同的版本，流传十分广泛。这类故事可能与人类起源神话中的"葫芦出人说"有关，属于民间故事中的"怪孩子故事"类型。但这个怪孩子的形象却受到儿童们的衷心喜爱。葫芦娃身世的神秘以及他的勇敢与智慧，还有发生在他身上的种种奇迹，都像一块块磁石吸引着孩子们的好奇心与注意力。葫芦娃勇于同妖怪作斗争的事迹与儿童读者的心产生共鸣，他们都愿以葫芦娃为榜样，做一个聪明、勇敢的好孩子。

【中国】

牛郎织女

古时候有个孩子,爹妈都死了,跟着哥哥嫂子过日子。哥哥嫂子待他很不好,叫他吃剩饭,穿破衣裳,夜里在牛棚里睡,牛棚里没有床铺,他就睡在干草上。他每天放牛,那头牛跟他很亲密,用温和的眼睛看着他,有时候还伸出舌头舔舔他的手,怪有意思的。哥哥嫂子见着他总是爱理不理的,仿佛他一在眼前,就满身不舒服。两下一比较,他也乐得跟牛一块儿出去,一块儿睡。

他没有名字,人家见他放牛,就叫他牛郎。

牛郎照看那头牛挺周到。一来是牛跟他亲密;二来呢?他想,牛那么勤勤恳恳地干活,不好好照看它,怎么对得起它呢?他老是挑很好的草地,让牛吃又肥又嫩的青草;吃干草的时候,筛得一点儿土也没有。牛渴了,他就牵着它到小溪的上游,让他喝干净的水。夏天天气热,就在树林里休息;冬天天气冷,就在山坡上晒太阳。他把牛身上刷得干干净净,不让有一点儿草叶土粒。到夏天,一把蒲扇不离手,把成群乱转的牛虻都赶跑了。牛棚也打扫得干干净净。在干干净净的地方住,牛也舒服,自己也舒服。

牛郎随口唱几支小曲儿,没人听他的,可牛晃晃脑袋,闭闭眼,好像听得挺有味儿。牛郎心里想什么,嘴里就说出来,没有人听他的,可是牛咧开嘴,笑嘻嘻的,好像明白他的意思。他常常把看见的听见的事告诉牛,有时候跟它商量一些事。牛好像全了解,虽然没说话,可是眉开眼笑的,他也就满意了。自然,有时候他还觉得美中不足,要是牛能说话,把了解的和想说的都一五一十地说出来那该多好呢。

一年一年过去,牛郎渐渐长大了。哥哥嫂子想独占父亲留下的家产,把他看成眼中钉。一天,哥哥把牛郎叫到跟前,装作很亲热的样子说:"你如今长大了,也该成家立业了。老人家留下一点儿家产,咱们分了吧。一头牛,一辆车,都归你;别的归我。"

嫂子在旁边,三分像笑七分像发狠,说:"我们挑顶有用的东西给你,你知道吗?你要知道好歹,赶紧离开这儿。"

牛郎听哥哥嫂子这么说,想了想,说:"好,我这就走!"他想哥哥嫂子既然扔开他像泼出去的水,他又何必恋恋不舍呢?那辆车不稀罕,幸亏那头老牛归了他,亲密的伙伴还在一块儿,离开家不离开家有什么关系?

他就牵着老牛,拉着破车,头也不回,一直往前走,走出村子,走过树林,走到山峰重叠的地方。以后,他白天上山打柴,柴装满一车,就让老牛拉着,到市上去换粮食;夜晚就让老牛在车旁休息,自己睡在车上。过些日子,他在山前边盖一间草房,又在草房旁边开一块地,种些庄稼,就算安了家。一天晚上,他走进草房,忽然听见一声:"牛郎!"自从离开村子,他还没听见过这个声音。是谁叫他呢?回头一看,微弱的星光下边,原来是老牛,嘴一张一合的,正在说话。

老牛真会说话了。

牛郎并不觉得怎么奇怪,像是听惯了他说话似的,就转过身子去听。

老牛说的是下边的话:"明天黄昏的时候,你得翻过右边那座山。山那边一片树林,树林前边有一个湖,那时候有些仙女正在湖里洗澡。她们的衣裳放在草地上。你要捡起那件粉红色的纱衣,跑到树林里等着,去跟你要衣裳的那个仙女就是你的妻子。这个好机会你可别错过了。"

"知道了。"牛郎高兴地回答。

第二天黄昏,牛郎翻过右边的那座山,穿过树林,走到湖边。湖面映着晚霞的余光,蓝紫色的波纹晃晃荡荡。他听见有女子们的笑声，循着声音看，果然有好些个女子在湖里洗澡。他沿着湖边走，没走几步，就看见草地上放着好些衣裳，花花绿绿的，件件都那么漂亮。里头果然有一件粉红色的纱衣，他就拿起来，转身走进树林。

他静静地听着，一会儿，就听见女子们上岸的声音，听见一个说："不早了，咱们赶紧回去吧！咱们偷偷地到人间来，要是老人家知道了，不知道要怎么罚咱们呢！"过了一会儿，又听见一个说："怎么，你们都走啦？难得来一趟，自由自在地洗个澡，也不多玩一会儿。——哎呀！我的衣裳哪儿去了？谁瞧见我的衣裳啦？"

牛郎听到这儿，从树林里走出来，双手托着纱衣，说："姑娘，别着急，你的衣裳在这儿。"

姑娘穿上衣裳，一边梳她的长长的黑发，一边跟牛郎说话。牛郎把自己的情形都一五一十地说了。姑娘听得出了神，又同情他，又爱惜他，就把自己的情形也告诉了他。

原来姑娘是天上王母娘娘的外孙女，名字叫织女，织得一手好彩锦。天天早晨和傍晚，王母娘娘就拿她织的彩锦装饰天空，那就是灿烂的云霞。王母娘娘需要的彩锦多，就叫织女成天成夜地织，一会儿也不许休息。织女身子老在机房里，手老在梭子上，劳累不用说，自由没有了，等于关在监狱里，实在难受。她常常想，人人都说天上好，天上好，天上有什么好呢？没有自由，又看不见什么。她总想离开天上，到人间去，哪怕是一天半天呢，也可以见识见识人间的景物。她把这个想法跟别的仙女说了。别的仙女也都说早有这种想法。那天上午，王母娘娘喝千年酿的葡萄酒，多喝了点儿，靠在宝座上直打瞌睡，看样子不见得马上就醒，仙女们见机会难得，就你拉我我拉你地蹓出来，一齐飞到人间。她们飞到湖边，看见湖水清得可爱，就跳下去洗澡。织女关在机房里太久了，能够在湖水里无拘无束地游泳，心里真痛快，想多玩一会儿，没想到就落在后边。

牛郎听完织女的话，就说："姑娘，既然天上没什么好，你就不用回去了。你能干活，我也能干活，咱们两个结了婚，一块儿在人间过一辈子吧。"

织女想了想，说："你说得很对，咱们结婚，一块儿过日子吧。"

他们俩手拉着手，穿过树林，翻过山头，回到草房。牛郎把老牛指给织女看，说它就是我从小到大相依为命的伴儿。织女拍拍老牛的脖子，用腮帮挨挨它的耳朵，算是跟它行见面礼。老牛眉开眼笑地朝她看，仿佛说："正是这个新娘子。"

从此，牛郎在地里耕种，织女在家里纺织。有时候，织女也帮助牛郎干些地里的活。两个人你勤我俭，不怕劳累，日子过得挺美满。转眼间两三个年头过去，他们生了一个男孩、一个女孩。到孩子能说话的时候，晚上得空，织女就指着星星，给孩子讲些天上的故事。天上虽然富丽堂皇，可是没有自由，她不喜欢。她喜欢人间的生活：跟丈夫一块儿干活，她喜欢；逗着兄妹俩玩，她喜欢；看门前小溪的水活泼地流过去，她喜欢；听晓风晚风轻轻地吹过树林，她喜欢。两个孩子听她这么说，就偎在她怀里，叫一声"妈妈"，回过头来又叫一声"爸爸"。她乐极了，可是有时候也发愁，愁什么呢？她没告诉牛郎。她是怕外祖母知道她在这儿，会来找她。

一天，牛郎去喂牛，那头衰老的牛又说话了，眼眶里满是眼泪。他说："我不能帮你们下地干活了！咱们要分手了！我死了，你把我的皮留着。碰见什么紧急事，你就披上我的皮……"老牛没说完就死了。夫妻两个痛哭了一场，留下老牛的皮，把老牛的尸骨埋在草房后边的山坡上。

再说天上，仙女们蹓到人间洗澡的事到底让王母娘娘知道了。王母娘娘罚她们，把她们关在黑屋子里。她尤其恨织女，竟敢留在人间不回来，简直是有意败坏她的门风。她发誓要把织女捉回来，哪怕她藏在泰山底下的石缝里、大海中心的珊瑚礁上，也一定要抓回来，给她顶厉害的惩罚。

王母娘娘派了好些天兵天将到人间察访，察访了好久，才知道织女在牛郎家里，跟牛郎做了夫妻。一天，她亲自到牛郎家里，可巧牛郎在地里干活，她就一把抓住织女往外走。织女的男孩见那老太婆怒气冲冲地拉着妈妈走，就跑来拉住妈妈的衣裳。王母娘娘狠狠地将孩子推倒，就带着织女一齐飞起来。织女心里恨极了，望着两个可爱的儿女，一时说不出话来。只喊了一句："快去找爸爸。"

牛郎跟着男孩赶回家，只见梭子放在织了半截的布匹上，灶上的饭正冒热气，女孩坐在门前哭。他决定上天去追，把织女救回来。可是怎么能上天呢？他忽然想起老牛临死说的话，这不正是紧急事吗？他赶紧披上牛皮，找两个筐，一个筐里放一个孩子，挑起来就往外跑。一出屋门，他就飞起来了，耳朵旁边风呼呼地直响。飞了一会儿，望见妻子和老太婆，他就喊"我来了"，两个孩子也连声叫"妈妈"。越飞越近，眼看要赶上了，王母娘娘拔下头上的玉簪儿往背后一划，糟了，牛郎的前边忽然出现一条天河。天河很宽，波浪很大，牛郎飞不过去了。

从此以后，牛郎在天河的这边，织女在天河的那边，只能远远地望着，不能住在一块儿了。他们就成了天河两边的牵牛星和织女星。织女受了很厉害的惩罚，可是不肯死心，一定要跟牛郎一块儿过日子。日久天长，王母娘娘也拗不过她，就允许她每年七月七日跟牛郎会一次面。

每年七月七日，成群的喜鹊在天河上搭一座桥，让牛郎、织女在桥上会面。就因为这件事，所以人们说，每逢那一天，很少看见喜鹊，它们都往天河那儿搭桥去了。还有人说，那一天夜里，要是在葡萄架下边静静地听着，还可以听见牛郎、织女在桥上亲亲密密地说话呢。

（汪曾祺整理）

导读

这是一个在民间广泛流传的古老的爱情故事，但在流传中得到不断丰富、发展与完善。最初的牛郎织女故事带有浓厚的神话色彩，说织女、牛郎本为天上星宿，即织女星与牵牛星。最早将它们拟人化的描写，见于我国第一部诗歌总集《诗经》中的《小雅·大东》。到汉代司马迁作《史记》时，在《天官书》中把织女看作天帝的孙女。东汉时代的《古诗十九首》中就有《迢迢牵牛星》一诗，写织女和牛郎的相思之苦："迢迢牵牛星，皎皎河汉女。纤纤擢素手，扎扎弄机杼。终日不成章，泣涕零如雨。河汉清且浅，相去复几许！盈盈一水间，脉脉不得语。"后来，人们同情这对夫妇，又创造了七夕渡鹊桥相会的美丽情节，如《风俗通》所记："织女七夕当渡河，使鹊为桥。相传七日鹊首无故皆髡，因为梁以渡织女故也。"再到后来，又产生了哥嫂虐待、老牛做媒、王母迫使其分离并用簪子划出银河等情节。这里所选的版本是较晚形成的一个较完整的故事，融神话性、童话性与生活性于一体，歌颂了真挚的爱情，对牛郎织女的不幸寄予了深厚的同情。情节曲折，哀婉动人。人们常以牛郎织女比喻夫妻不能团聚，又以鹊桥称赞助人为乐、成人之美的精神。

【中国】

生肖的传说

据说在很古的时候，人们是没有生肖的。十二生肖是后来玉帝给排定的。

玉帝为了给人们排定生肖，决定在天庭里召开一个上肖大会。他给各种动物发了道开会的圣旨。

那时候，猫和老鼠是很要好的朋友。它们生活在一起，像兄弟一样。开上肖大会的圣旨到了猫和老鼠那里，它们都很欢喜，决定一起去参加大会。猫很会打瞌睡，它自己也知道这一点，所以在开会前一天，就预先和老鼠打了招呼。

“鼠弟！你知道我是很爱打瞌睡的。”猫大爷客气地说，“明天去上肖大会的时候，倘使我睡着了，你叫我一下好不好？”

老鼠拍着胸脯说：“你放心睡好啦！到时候我会叫醒你的！”

猫大爷说了声：“谢谢你。”就抹抹胡子，放心睡着了。可是第二天早晨，老鼠很早起来，吃过早饭，独个儿上天庭去了。对正在熟睡的猫，它一声也没有叫。

住在清水潭里的龙哥哥，这天也得到了开上肖大会的通知。龙是生得很威武的：浑身有亮晶晶的鳞甲，加上一个大鼻子和一把又粗又长的大胡子。它想：这一次选生肖，自己非被选上不可。但是龙哥哥有个美中不足的地方，那就是头上光秃秃的，缺少一对美丽的角。它想：如果我再有一对美丽的角，那该有多好啊！想呀想的，它就打定主意，决心要借一对角来戴上。

正巧！它从清水潭里钻出来一看，就看见一只大公鸡，挺着胸脯，在岸边踱方步。那时候，公鸡头上是有一对大角的。龙哥哥一见，高兴极了，连忙游过去，向公鸡招呼：“鸡公公！明天我要去上肖大会，把你的角借我戴一戴好吗？”

鸡公公回答说：“啊呀，龙哥哥！真对不起，明天我也要去呢！”

龙哥哥说：“鸡公公，你的头太小了，戴上这么一对大角，实在很不相称，还是借给我戴吧！你看我这个光头，多么需要一对像你一样的角啊！”

就在这时候，从石头缝里钻出来一条蜈蚣。蜈蚣是很爱管闲事的。它听了龙哥哥的话，插嘴说：“鸡公公！你就把角借给龙哥哥用一回吧。如果你不放心，我来做保人，怎么样？”

鸡公公想了一想，自己就是没有这一对角，也够漂亮了，就答应由蜈蚣做保人，把角借给龙哥哥。

第二天，天庭里就开了一个盛大的上肖大会，各种动物都到齐了。玉帝在动物中选出了牛、马、羊、狗、猪、兔子、老虎、龙、蛇、猴子、鸡、老鼠等十二种动物，作为人的生肖。玉帝为什么只挑这几种动物呢？譬如：挑了鸡，为什么不要鸭子？挑了老虎，为什么不要狮子？他到底是根据什么挑选的？这些，我们一点也不知道。

挑选出十二种动物以后，还有一个麻烦的问题，就是排定先后的次序。

当时，在这件事情上有了争执。特别是由谁领头的问题，大家议论纷纷。玉帝说：“你们中间牛最大，就让牛领头做第一生肖吧！”

大家都满意，连老虎也赞成。不料小小的老鼠却跷起大拇指说：“应该说，我比牛还要大！每次，我在人们面前一出现，他们就叫起来说：‘啊呀！这个老鼠真大！’却从来也没有听见人说过：‘啊呀，这头牛真大！’可见在人们的心目中，我实在比牛大！”

老鼠这一番话，简直把玉帝弄糊涂了。玉帝说：“难道真有这样的事吗？我看不见得吧！”

猴子和马都说老鼠胡吹。但是老鼠理直气壮地说："你们要是不相信，可以试一试！"

鸡、狗、兔、羊等都同意试一试，玉帝也赞成了，他就带了十二种动物到人间去。

事情真如老鼠所说的一样，当大水牛在人们面前走过的时候，人们纷纷议论说：这头牛长得真肥，真好。可是没有一个人说：这头牛真大。这时，狡猾的老鼠突然爬到牛背上去，用两脚直立起来。人们一见牛背上的老鼠，果然立即就惊呼起来："啊呀，这只老鼠真大！"

玉帝亲耳听见人们的惊呼。他皱皱眉头，无可奈何地说："好吧，既然人们都说老鼠大，我就让老鼠做第一生肖。至于牛，就屈尊第二吧！"

这样就算确定下来了。现在的十二生肖就是这样：老鼠是第一生肖，牛是第二生肖。

老鼠做了第一生肖，得意洋洋地回来了。睡眼朦胧的猫看见了，奇怪地问道："鼠弟，怎么啦？今天没有开上肖大会吗？"

老鼠神气活现地回答道："你还在做梦呢！上肖大会早已开过了，有十二种动物上了肖，我是第一名！"

猫大爷着实吃了一惊，圆睁着两眼，问道："那你为什么没叫我一道去？"

老鼠轻描淡写地回答道："忘记了！"

猫大爷气得胡子根根翘起，大声嚷道："小东西，你不讲信用！你不是亲口答应叫醒我的吗？要不然，我也不会放胆睡着。你害我误了一件大事，我要跟你算账！"

老鼠一点也不肯认错。它满不在乎地说："哼，有什么账可算呢？叫你，是情分；不叫你，是本分。我又不是你的跟班！"

这一下可把猫大爷气坏了。它"呼哧呼哧"地喘着气，突然把牙齿一磨，“呼”地扑上去，咬住老鼠的头颈。老鼠只把后腿弹了两下，“唧唧”叫了两声，就断了气。

从此，猫和老鼠就成了死对头，直到现在还是这样。

再说鸡公公开了上肖大会回来，一肚子不高兴。它想：玉帝把龙哥哥排在自己前面，很可能和那对角有关系。它决定把那对角讨回来。

鸡公公走到清水潭边，看见龙哥哥正兴高采烈地在那里游水，它就很有礼貌地说：“龙哥哥，请你把角还给我吧！”

龙哥哥一听，吃了一惊，不知所措地说：“啊呀，鸡公公！你要角做什么呢？说实在的，你没有角，看起来比长着角更美丽。可是对我说来，一对角是多么需要啊！”

鸡公公听了，很不高兴地说：“龙哥哥，不管你多么需要角，可是借了人家的东西，总是要还的呀！”

龙哥哥一时答不上来。它沉吟了一下，忽然很礼貌地对鸡公公鞠一个躬，说：“对不起，鸡公公！现在我要休息去了。这件事，我们以后再谈吧！”说完，不等鸡公公回话，就一个猛子，钻到水底下去了。

鸡公公又气又恨，拍着翅膀，在清水潭边拼命地叫喊：“龙哥哥，角还我！龙哥哥，角还我！……”可是龙哥哥躲在潭底睡大觉，理也不理。

鸡公公叫喊了半天，喉咙也叫哑了，力也乏了。它无法可想，决定去找保人蜈蚣说话。

鸡公公在乱石堆里找到了蜈蚣，把龙哥哥不肯还角的事，一五一十地说了一遍，最后说：“蜈蚣叔叔，你是保人，这件事你不能不管。”

蜈蚣昂着头想了半天，慢吞吞地说：“我想龙哥哥会把角还给你的。如果，它真的不肯还，那么，我也没有办法可想。鸡公公，你是明白的，它躲在水里，叫我怎么去找它呢？”

鸡公公气得满面通红，说："可是当时你是自愿做保人的呀！难道有这种保人吗？出了事情就不负责！"

蜈蚣也发急说："鸡公公，那可不能这样说。当初你借角给它，完全出于自愿。我插上来，不过做个太平保人罢了。再说，我当初作保的时候，也想不到龙哥哥会不讲信用的。要是我能预料到这一点，也就不会给它作保了。"

"那你说怎么办呢？"鸡公公压住火气问。

"我说吗？我说它要是真不肯还，你就只好自认晦气了。这也只怪你自己当初没有三思而行，太鲁莽了些。"蜈蚣说。

"怪我自己？"鸡公公瞪着眼睛逼进了一步问。

"当然，首先应该怪你自己没有三思而行。"不知死活的蜈蚣回答说。

鸡公公气得满脸通红了。它伸长了颈，一下子就啄住蜈蚣的脑袋，甩了几下，吞到肚子里去了。

从那时起，每到夏天，我们就常常看见公鸡在院子里啄蜈蚣吃。并且每天天一亮，鸡公公就想起了它失去的角，总要放开喉咙大叫几声："龙哥哥，角还我……"

（刘金采录）

导读

生肖与每个人都有关系，但为什么我属牛，他属马呢？民间有多种解释，这里选录的只是其中之一。科学的解释是：我国古代术数家拿十二种动物来配十二地支，子为鼠，丑为牛，寅为虎，卯为兔，辰为龙，巳为蛇，午为马，未为羊，申为猴，酉为鸡，戌为狗，亥为猪。后变化为人生在某年就肖某物，如子年生的肖鼠，丑年生的肖牛，称为"十二生肖”，也叫“十二属相”。据说十二属相源起于东汉。有趣的是，日本也与中国一样，用这十二属相来纪年。其他国家也有这种纪年方法，如：在印度为鼠、牛、狮子、兔、龙、毒蛇、马、羊、猕猴、鸡、犬、猪；在希腊和埃及为牡牛、山羊、狮子、驴、蟹、蛇、犬、鼠（在埃及为猫）、鳄、红鹤、猿、鹰。

这则故事，情节生动，语言通俗流畅，儿童读者在阅读中，不仅得到愉悦的美感享受，而且还获得了有益的知识。

【中国】

阿凡提的故事

拆我的那一层

阿凡提向一位财主借了一百个元宝。他请来几位朋友与家人一起动手，辛辛苦苦地盖了一座两层楼房。

阿凡提还没搬进新楼房，财主看见新盖的房子很漂亮，就打主意想把楼上那一层弄过来自己住，算是阿凡提拿房子抵债。阿凡提要是不答应，他就要阿凡提马上还钱。

他对阿凡提说："阿凡提，请把二层让给我住吧，我借给你的那一百个元宝就算是抵消了。"

阿凡提听了财主的话，一点儿也没有露出不愿意的样子，说道："我正发愁怎么还债呢。这样一来可好了，就照您说的办吧！"

第二天，财主全家喜气洋洋地搬进了新房子的二楼，过了几天，阿凡提请来几位朋友和邻居，大家一齐动手拆起一层的墙来。财主听见楼下有声音，跑下来一看，吃惊地叫道："阿凡提，你疯了吗，怎么拆起新盖的房子了？"

"这不关您的事，您就在家好好睡觉吧！"阿凡提一边拆墙一边若无其事地说。

"怎么不关我的事呢？我住在二楼，你拆了一楼，二楼不就塌下来了吗？"财主急得直跺脚。

"我拆的是我住的那一层，又没拆你住的那一层，这与你没什么关系，请你好好看住你那一层，可别让它塌下来压伤了我和我的朋友。"阿凡提说完，又忙着拆起墙来。

财主没有办法，和阿凡提商量起来："阿凡提，阿凡提，看在我们多年交情的份上，我们可以好好商量商量，请把你的那一层也卖给我，好吗？"

"好啊！如果您真想买，就请您给我二百个元宝吧。"阿凡提说。

"你……你……"财主气得说不出话来。

"您不买了？那就拆吧。"阿凡提说。

"阿凡提，阿凡提，别拆，别拆！我买，我买！"

财主只好掏出二百个元宝，把房子买了下来。

肉汤的肉汤的肉汤

阿凡提打猎时捕获了一只野山羊，当天就吩咐妻子煮了一锅肉，请来自己所有的好朋友吃了。

第二天，几个游手好闲的人来到阿凡提家门口，说道："阿凡提，我们是你的朋友的朋友，也盛情地招待我们一下吧！"

"好，请各位到家里。"阿凡提把他们带到家里，把朋友啃过的骨头在锅里煮了煮，给每人端去一碗汤，说，"请客人们趁热喝吧！"
这些人惊奇地问道：

"这是什么汤，阿凡提？"

"这是肉汤的肉汤呀！"阿凡提说。

这几个游手好闲的人，只好每人喝了一碗汤走了。

第三天，远方的几个陌生人骑着大马来到阿凡提家，自我介绍说：

"阿凡提，不认识我们吧？我们几位都是财主，是你的朋友的朋友的朋友。听说你打了只野山羊，还挺肥哩！请你不要吝啬，招待招待我们吧！"

阿凡提请财主们坐到屋里，把熬过两遍的骨头放到锅里又煮了煮，给每个人端上一碗汤，又递给每人一把小木勺儿，说道：

“高贵的老爷们，喝呀，喝呀！这是肉汤的肉汤的肉汤呀！”

（鲁安基改写）

导读

阿凡提是最出色的民间文学人物形象，他究竟是一个真实的历史人物，还是一个流传于民间的虚构人物，众说纷纭，而且这已经不重要了。重要的是在阿凡提名字下流传至今的民间智慧故事，一直受到大人小孩的共同喜爱，而且阿凡提在人们心目中有个鲜明的形象：头戴一顶民族花帽，背朝前脸朝后地骑着一头小毛驴；阿凡提的笑声更富有特色，温和又极具穿透力。

阿凡提故事的基本主题是劝善戒恶。每个故事都有教育意义，充满阿凡提式的幽默、含蓄和哲理。正如所选的两则故事，都是对贪心财主进行讽刺、教训和惩罚，读后不仅为阿凡提的智慧而叫绝，更为财主得到奚落而称快。故事虽短，但事件中内在联系紧密，逻辑性强，如将“朋友的朋友的朋友”与“肉汤的肉汤的肉汤”巧妙对应，故事和教训浑然天成，有种寓言故事的阅读效果。

【印度】

鹿　母

从前，一个有数百只鹿的鹿群，到处寻找水草丰美的地方，因而渐渐靠近了人住的城邑。

一天，国王出去打猎，追得群鹿四方奔逃，其中一只母鹿被赶得离开了鹿群。后来，母鹿生了两只小鹿，在独自出去寻找食物的时候，不小心落入了猎人安放的网套中，它呦呦悲鸣挣扎着逃命。猎人听到鹿叫，便急忙前往观看，看见一只母鹿落网，立即要去捕杀。这只母鹿跪在猎人面前，叩头乞怜说："我刚生下两只小鹿，它们年幼无知，不会料理生活。请给我很短的时间，让我回去看它们一眼，带它们找一块草场。办完此事，我就回来受死，决不违反誓言。"

猎人觉得十分惊奇，对母鹿说："一切世人都不讲信用，况且你是一只鹿，你若从死亡中逃脱，岂有归来之理？我不能放你回去。"母鹿又求情说："如果放我回去，两只小鹿就能活下去，如果不让我回去，则我母子三个将一齐死亡。我们母子不能在生前告别，实在痛苦啊！"接着，鹿母唱了一首短歌：

我身生来为野兽，
山林深处随便走；
贪恋自己得生存，
谁愿故意做死囚；
今天不幸落网中，
死期已到何所求；
腥肉臊血不足惜，
但怜二子无人救。

猎人听到母鹿的短歌，认为母鹿还是贪生，所以又说："有的人总是善于花言巧语，所以，对它们的奸诈之言不能相信。你说得天花乱坠，行动一定狡诈鬼祟。有谁不爱惜身体，甘心轻易送命？世人都无良心，不守誓约；你是一只野兽，怎肯去而复归？我不放你走，你也不必多说道理。"

鹿母听后，两眼泪水汪汪，又唱一首短歌：

我虽生身为畜生，
不知为人众事情；
为何母子多恩爱，
一别再也难相逢；
一刀分开实悲哀，
绝非怕死来偷生；
主要怜悯二小鹿，
请假少许诉衷情；
世间确实有恶人，
随意欺侮比丘僧；
破坏佛塔和寺院，
杀害罗汉罪孽重；
有人甚至害父母，
凶杀妻子和弟兄；
我若回去不归来，
罪上加罪受严惩。

猎人听了鹿母的短歌，内心有些不安，叹息道："我生世界之上，属于人类一方。心中迷惑愚痴，不重恩情天良。残害众生性命，从事打猎勾当。贪心太多太大，羞耻丢在一旁。不知世事常变，不知世尊佛章。鹿母所说之事，比人更为高强。发誓讲究信义，感情真挚可信。”于是，解开网套，把母鹿放走了。

鹿母回到小鹿跟前，低头嘶鸣，用舌头舔着小鹿的身体，又是喜悦又是悲伤，唱了一首短歌：

一切恩爱得实现，
皆因事情有因缘；
会面总是要别离，
永恒不变难上难；
今天我是你母亲，
自己也难保安全；
生在世上畏惧多，
命如晨露太短暂。

鹿母领着小鹿，找到一块水美草肥的地方，两眼流着泪，又唱了一首短歌：

今朝出外不走运，
误入猎网身受困：
本当被人屠杀掉，
粉身碎骨命归阴；
但念幼儿请假来，
马上返回见死神；
可怜你们失慈母，
生活征途要当心。

鹿母嘱托完毕，就要回到猎人那里去。两小鹿哭哭啼啼，恋恋不舍，跟在后面直追。母鹿只得安慰它们说：“你们不要来了，免得咱们母子都死于非命。世间一切事物，都是变化无常，都是有合有离。我福薄命短，你们无人护佑，一味悲伤啼泣，有百害而无一益。”说毕，唱了一首短歌：

前生贪欲得报应，
今世变做野畜生；
世间有生也有死，
任谁难逃灾重重；
决心离开贪欲后，
方能永远得安宁；
我今宁肯去一死，
也不失信度残生。

两小鹿仍然泣不成声，跟着鹿母走到猎人面前。这时猎人正在树下睡觉。鹿母走上前去，唱道：

我是放走一母鹿，
现在特来请杀戮；
贱畜得到恩和爱，
得与二子共会晤；
带领它们到草场，
诉说心头无限苦；
现在虽死无遗恨，
实践誓言不敢负。

歌声惊醒了猎人。鹿母跪在猎人面前，再一次唱起短歌：

前天蒙君放回家，
恩如天地一般大；
贱畜感君慈悲心，
守信送死请刀杀；

恩高德重不能忘，
兑现自己说的话；
及时返回报答你，
完成心事无牵挂。

猎人见鹿母宁肯舍弃生命也要实践誓言，心中实在不忍杀害它们，便叩头感谢鹿母的赤诚，唱了一首赞美诗：

天宫众神最灵验，
讲究信义不食言；
我心恐惧抖又抖，
岂敢害你鹿母仙；
宁肯杀害自己人，
妻子碎身成万段；
怎能忍心害神灵，
想起此事毛发颤。

唱毕，即刻把鹿母放走。鹿母和小鹿悲喜交集，唱了一首感谢猎人的歌：

贱畜生于世界上，
理应献肉下厨房；
我已甘心请烹煮，
辞别二子一命亡；
不料你又怜悯我，
擒而复纵恩情长；
功德无量积福多，
有口也难诉衷肠。

（选自《佛说鹿母经》）

导读

这则动物故事选自《佛说鹿母经》，应该说它是一则佛经故事，为什么被作为印度民间故事收录在这里呢？众所周知，由释迦牟尼创立的佛教，与基督教和伊斯兰并称“世界三大宗教”，佛教的《大藏经》、基督教的《圣经》、伊斯兰教的《古兰经》，这些宣教的经典都有一种共同的特征，即是利用浅显易懂的、有趣的故事形式，特别是善于把民间原有的故事掺上自己的观点加以改编，讲述深奥、神秘、干巴的宗教教义，借以达到吸引群众、扩大宣传效果的目的。因而，佛经故事是佛经的一个重要组成部分，但就其故事的来源看，绝大部分取材于印度民间的神话、传说、寓言、童话和故事。

佛经故事既然产生于古代印度社会，绝大部分又是印度民间故事的变体，它就很自然地吸收了古代印度许多好的神话和寓言。而古代印度的神话和寓言，正如以研究印度文化著称的季羡林教授所说：“印度人民是十分富于幻想力的。从很古的时代起，他们就创造了不少富有幻想又有教育意义的神话、寓言和童话。在神话创造方面，他们不亚于古代希腊人，而在寓言和童话的创造方面，则在希腊人之上。”这一点，《鹿母》是一个十分有力的证明。

《鹿母》这则童话式动物故事的主题是倡导慈爱、诚信，克制贪欲和禁止残暴。尤其是对慈爱和诚信的赞美，鹿母对二幼子的爱，很真挚动人，而鹿母“守信送死请刀杀”的诚信品格，更与世人的奸诈无信形成强烈对比。故事的结尾是猎人受到鹿母的感化而放生了鹿母一家。《鹿母》看起来是动物的奇特遭遇和悲欢离合，其实针砭的是人类的恶习，劝人行善积德。

【朝鲜】

千足虫和蚯蚓

很早很早的时候，一块大石头下住着一条非常好看的千足虫。她是四乡闻名的花花女郎，她对自己的整整五百对小脚百赏不厌。她欣赏自己的脚，能从头天曙光初照一直欣赏到次日晚霞满天。要是谁不小心踩到她的一只脚，她就气恼得蜷缩成团，再不愿同他说话了。

离千足虫不远的地方，住着一条蚯蚓。这是一条终年辛劳不息的蚯蚓。他从早到晚孜孜不倦地翻掘泥土。他铺设的地下通道错综复杂，他对自己所过的日子十分满意。由于长年在地下蠕行，他的身躯变得分外光滑、晶亮、修长而又敏捷。

有一天，大雨过后，蚯蚓爬出自己构筑的地下室，一眼瞅见了千足虫，就一下子喜欢上她了。而千足虫对他也是一见钟情。

蚯蚓当天就找了一个媒婆——老蜥蜴，到千足虫的父母那里去说亲。老蜥蜴夸了一大通蚯蚓的美貌和聪明，他那修长的身量以及他的地下大厦，千足虫一听立即就同意嫁给他。

别的蚯蚓得知这一消息后，都为他的伙伴忧虑得不住地扭动柔体，啊啊啊地连声叹息。

“这太可怕了！”一些蚯蚓慨叹着，“只消想想她有一千只脚！可怜的蚯蚓啊，这辈子都要还不清鞋子钱了！”

另一些蚯蚓则说：

“未婚妻是个花花女郎！她要未婚夫做给她五百双平常的鞋，五百双出门的鞋，五百双皮鞋！”

而千足虫的女友们对这桩婚事也很不满意：

“不知她看中这条蚯蚓什么了？连一只脚都没有。这模样儿丑死了！”她们说。

“想想吧，”另一些女友接嘴说，“得用多少日子来洗涤、裁剪、缝制和浆硬衣服啊——身体长得也太不成体统了！”

还有些女友说得更耸人听闻了：

“可怜的千足虫啊！她一辈子也不得安宁了。她得从早到晚没完没了地为丈夫擦刷，用木杵啷啷啷地为丈夫捶衣，为丈夫浆硬衣服。要知道蚯蚓在地底下过日子，几下就弄得一身污泥，他一天得换十次衣服才成。”

千足虫听了女友们的这些怨诉，顿时心乱如麻。不过这时未婚夫还在地下兴致勃勃地为自己的未婚妻挖掘新楼，千足虫还在设想着自己该做的事：她想着必须为丈夫缝几件长衫，她想着这些衣服一遍一遍地洗刷、浆硬，想着在今后的漫长岁月里，她得为家庭的舒适、清洁和干燥而操心不已。

千足虫躺在石头底下，思虑着这些，她想了一天又一天，终于在心烦意乱中决定不嫁给蚯蚓了。

但是千足虫把这个决定通知未婚夫前，蚯蚓已经从传闻中听说过她的决定了。

开始，蚯蚓为美丽的千足虫的断情决定感到痛心疾首。可后来，他记起了他的朋友们说的那些问题，便自个儿心中嘀咕道：

“我往哪儿去弄这么多钱，为她的千足做鞋啊！”

蚯蚓计算了一下，就以最起码的普通鞋子算，五百双也得付不少钱呀！他激动得气都透不过来了。当他想象到为她的五百双红皮鞋要付多少钱时，他简直要晕倒了。

“这做不到！”蚯蚓大叫起来，“这么多鞋她往哪儿收藏呀？千足虫穿了木底鞋[1]在家里走动起来，那声音该有多么响，多么震耳！这声音非把我的耳朵震聋不可。”

可怜的蚯蚓似乎已经看到自己被震耳欲聋的声音弄得头晕目眩、叫苦连天的情景。他躲进了他自己最远的一间房子里，拿起毛笔，取过墨，给未婚妻写起退婚书来。

在千足虫收到蚯蚓的拒婚信时，蚯蚓也收到了千足虫寄给他的退婚信。这桩婚事就这样吹了，从此蚯蚓永远做着光棍，千足虫到死都是一块古石下的老姑娘。憨气十足的蚯蚓不知道千足虫是从来不穿什么鞋，一年到头只光着脚板走路的，而娇懒的千足虫没料到蚯蚓一年四季只穿同一件衣服，并且从来也不会把衣服弄脏。

（韦苇译）

导读

这则民间童话故事从朝鲜流传到世界各地，引起世人的广泛注意。首先是故事的奇巧，因为故事的起因是由千足虫和蚯蚓各自对对方生活方式的误解而引起的，而这误解又起源于周围的“闲话”。正因为是“闲话”，所以就使奇巧的故事包含着丰富的意蕴，悲剧的结局发人深思：周围人的闲言戏语，本来并没有什么恶意，也无需负什么责任，但当事人若不细加辨别思考，认真做一番调查研究，就会失去良机，造成无法弥补的损失，就像这则故事中的千足虫与蚯蚓的结局那样。

---

① 朝鲜古时候人们习惯穿木底鞋，这种风气在民间一直流传至今。

【英国】

花豹身上为什么有花斑

很久很久以前,花豹生活在高原上,那地方可不同于低处的草原和灌木林,到处都是暗黄色的沙土、岩石和一簇簇黄褐色的草,就连那里的长颈鹿、斑马、羚羊、纰角鹿的身上也都是黄褐色的。其中豹子的颜色最接近沙土色,躺在地上就像一块石头或一丛灌木,这对长颈鹿、斑马等其他动物来说,可是太危险了。难以发现的豹子随时有可能窜过去,冷不防地扑到它们身上。

那时候,高原上还住着一个埃塞俄比亚人,他的皮肤也是黄褐色的。他和豹子生活在一起,两个家伙总是一块打猎。埃塞俄比亚人用弓和箭,豹子用爪子和牙齿。他们给高原带来极大的恐怖,那些被追捕的动物简直不知道该怎么办好了。

直到很久以后,动物们才渐渐学会了躲避。首先是长颈鹿,随后便是其他动物相继离开了高原。

它们走了许多天,陆续来到了一片大森林里。这儿到处是树木、灌木丛,它们遮挡着阳光,在地上留下斑驳阴影,动物们就藏身在这里。过了相当长一段时间,它们的身上也渐渐出现了各种斑纹。长颈鹿身上尽是一块块大斑点,斑马身上则是一条条的纹线,羚羊也变黑了,背上留下波浪形的灰色细纹,就跟树皮一个样。它们站在树林里,你可以听到它们的声音,闻到它们的气味,却很难发现它们,除非你事先知道它们在那儿。

动物们离开高原之后,人和豹子饿坏了。他们用田鼠、甲虫和小野兔充饥,但这些小东西根本填不饱肚子。最后,他们遇上了一只狒狒,它可是南美洲最聪明的动物。

“你能告诉我们猎物都到哪儿去了吗?”人和豹子问。

狒狒当然知道,但它只眨眨眼,没吱声。

“你能告诉我动物土著们,”人故意咬文嚼字地说,以表示自己很有教养,“它们现在的住址吗?”

狒狒又眨了眨眼睛,终于开口说:

“它们全都变样了,我劝你们也尽快变变模样吧!”

“那很好,可我想知道动物土著到底去哪儿了!”人继续咬文嚼字地说。

“动物土著现在和植物土著在一起,”聪明的狒狒模仿着人的措词和语调说,它可不想让人瞧不起,“它们现在有植物土著的保护,比起以前可安全多了。”

狒狒说完便走了,人和豹子仍没弄明白动物到底去了哪里。他们只好按狒狒说的去找植物土著。走啊走,不知走了多少天,总算找到了大森林。森林里的植物真密呀!他们睁大了眼睛,仔细地搜寻着。

“那儿是什么?”豹子问,“挺黑的,到处是亮斑点。”

“我也弄不明白,”人说,“那总该是植物土著了吧?我闻到了长颈鹿的气味,还听到了声音,却看不见它。”

“真有意思,”豹子说,“我想,这大概是我们刚从太阳地里过去,眼睛发花的缘故。我也闻到了斑马的味道,还听到了它的声音,可就是不见它的影子。”

人和豹子在林中转悠了一天,什么猎物也没抓住。天黑下来,树丛中传来鼻息声,豹子猛扑了过去。这东西的气味很像斑马,触摸起来也像斑马,扑倒在地后挣扎的样子也像斑马,可就是分辨不出它到底是什么东西。

“老实点,你这个不知名的家伙!”豹子吼道:“我要坐在你头上,直到天亮，非要弄个明白不可！”

这时，从另一边传来咕噜声，随即是“咔嚓”一声和一阵乱糟糟的声响。过了一会儿，那个埃塞俄比亚人喊道：

“我也抓到了一个东西，可我看不清是什么，它的气味像长颈鹿，踢打起来也非常像。”

“先别管它，”豹子说，“等天亮再说。”

两个家伙都坐在各自的猎物上，直到天大亮。

“老兄，你那边怎么样了？”豹子问。

埃塞俄比亚人搔搔脑袋瓜，一副为难的样子。

“它从头到脚都是黄褐色才对，那肯定就是长颈鹿了，可这个家伙浑身上下都有栗子大小的斑点。老弟，你那边怎么样呢？”

“这家伙如果是灰褐色的，那就是斑马了，”豹子不住地摇头说，“可它身上却是一条黑一条紫的条纹。”

豹子被搞糊涂了，它对自己的猎物说：

“喂，告诉我，你到底是不是斑马呀？”

“我可以告诉你，但你和那个人得让我们先站起来。”斑马回答。

豹子和人放开了斑马和长颈鹿，斑马溜进了灌木丛，长颈鹿也赶紧跑到大树底下。

“现在你们仔细看，”斑马和长颈鹿喊道：“就这么一回事！一——二——三！你们的早点哪儿去了？”

豹子瞪大眼睛，埃塞俄比亚人也睁大了眼睛，可他们看见的只是林木间一条条或一块块的阴影，刚刚到手的猎物又失掉了。

“嗨，嗨，”豹子这才恍然大悟，“如果我告诉你，你在黑暗中看起来就像煤块上的芥末膏，你是否也会吃惊呢？”

“好了，俏皮话可不顶饿，”埃塞俄比亚人说，“最要紧的是适应环境。我得马上改变自己的肤色。”

“变成什么样的呢?”豹子问。

“黑褐色的,再略带一点紫色和蓝灰色,这样就跟周围的颜色匹配得相当不错了。”

豹子兴奋极了,它从未看过人换皮肤。当埃塞俄比亚人修整最后一个手指时,豹子急切地问道:

“那我怎么办呢?”

“你也应变变模样,”埃塞俄比亚人说,“我可不愿意独自去打猎。不过,要是你总像黑色篱笆上的向日葵那么显眼,我也只好自个儿去了!”

“那我就要斑点吧!”豹子说,“但斑点也不要太大,别像长颈鹿那样子。”

“那我就用手指头给你染,”埃塞俄比亚人说,“我这里有足够的黑色颜料。站过来!”

于是,埃塞俄比亚人撮起五指,蘸上黑颜料,点在豹子身上。豹子身上很快出现了一块块的五指印。可是有些地方,由于埃塞俄比亚人的手指头划过了头,斑点便涂污了。如果你仔细观察就会发现,豹子身上的那些斑点的确是用五个黑粗指头印成的。

“现在你可漂亮透了!”埃塞俄比亚人说,“躺在地上,你就像一堆卵石;卧在光秃秃的岩石上,就像一块好看的大石头;趴在长满枝叶的树上,就像树叶的阴影;横在大路中央,就像什么也没有一样,多让人高兴啊!”

“既然如此,你干脆也弄成我这样得了!”豹子说。

“啊,对我这个黑家伙来说,最好还是纯色,”埃塞俄比亚人说,“咱们走吧,看看这次能不能找到什么猎物。”

他们走进了大森林,从此一直过得很快活。

(刘清译)

导读

这是一则关于动物特征、生活习性的解释性故事。这类故事是由某一动物不同于其他动物的特征和特殊的生活习性所创作出来的。它的产生和人类的狩猎生活有关，是人类狩猎生活经验的总结。

在严酷的生存竞争中，动物身上的颜色、花纹对它们的生存是至关重要的。人们管这种颜色和花纹叫“保护色”。花豹身上的花斑就是它的保护色，有了这种保护色，花豹在草丛里行动或休息时，就像穿上了伪装衣一样，不容易被其他动物发现，而当它去捕食猎物时也要方便得多。花豹的这种特点一代代传下去，就成了今天的样子。

【瑞典】

猛禽为什么不伤害孵卵的母雁

在一个深深的大峡谷里，住着大雁一家。

一天中午，大雁妈妈正在给孩子们喂食，突然从悬崖边传来雏鸟的啼叫声，她忙放下孩子飞了过去，只见悬崖峭壁边的一块岩石上，有一个用层层松枝垒成的鸟窝，窝里有一只半光着身子的小雕，蹲在那里哭叫：

“妈妈，我好饿呀！妈妈，我饿呀！”

大雁妈妈犹豫不决地飞落到雕巢里。那是一个可怕的地方，一眼就能看出来，那是一个强盗的窝。窝的四周，到处是带血的羽毛和动物的尸骨。那只小雕蹲在这些乌七八糟的东西当中，张着嘴，正拼命地哀叫着，样子既丑陋又十分可怜。

“小家伙，你的爸爸妈妈呢？”大雁妈妈问。

“他们一早就出去了，再也没有回来。”小雕哭着回答。

“他的父母肯定遭遇不幸了！”大雁妈妈想，“不然绝不会扔下孩子不管的。”她张开翅膀，向峡谷中的湖泊飞去，不一会儿，叼着一条鲑鱼回来了。

“你以为我会吃这种东西吗？”小雕把鱼扒拉到旁边，耍起脾气来，“我不要这腥怪怪的东西，我要吃旅鼠和雷鸟！”

大雁妈妈生气了，狠狠地拧了一下小雕的脖子说：

“小强盗，你给我听着！你的爸爸妈妈已经被人打死了，他们再也回不来了。你若不听话，就只能饿死在这里！”

大雁妈妈说完便飞走了。傍晚，她又叼着一条鲑鱼来看小雕，发现小家伙已把那条鲑鱼吃掉了，她心里暗暗高兴。从此，她每天按时给这个小孤儿捕捉鲑鱼和青蛙送来，小雕渐渐习惯了这些饮食，并把大雁当成了自己的母亲。

不久，大雁脱羽的季节到了。

“孩子，你不能再在这儿住了，”大雁妈妈深情地说，“你必须跟我到大峡谷里去，这样我才能继续抚养你。快爬到我的背上来！”

“好的，妈妈！”小雕点点头。

大雁妈妈展开宽大的翅膀，把小雕托到了大峡谷。小雕开始了真正大雁生活。他把自己当成一只小雁，跟大雁妈妈的孩子们一起去湖里玩耍，险些淹死在湖里。

“为什么我不能像哥哥姐姐那样游泳呢？”小雕为自己的笨拙感到难过。

“那是因为你躺在悬崖上时，爪子长得太弯，趾长得太大了，”大雁妈妈安慰说，“你不要为此伤心，你会长成一只好鸟的！”

小雕的翅膀终于长成了，可以飞了。他高兴地和小雁们一起飞向天空，发现自己飞得又高又快，小雁们谁也比不上他。可是天上和地下的小动物们看见他就慌忙逃走了。

“妈妈，是不是我的样子长得太丑太可怕了？”小雕不安地问。

“你躺在悬崖上时，翅膀长得太大了，”大雁妈妈安慰说，“是你翅膀的影子吓坏了他们，但不要伤心，你会长成一只好鸟儿的！”

候鸟迁徙的时候到了。空中飞满了去南方的小鸟。当小雕和大雁妈妈一家出现在空中时，鸟群立刻轰动起来。好奇的鸟儿们一群一群地围过来，惊讶地看着小雕，问这问那，说长道短。大雁妈妈请大家安静，但无法把那么多的舌头全拴起来。

“他们为什么叫我雕？”小雕不停地问，越来越生气，“难道他们看不见我是一只大雁吗？”

大雁正要安慰它，周围的群鸟却发出阵阵嘲讽。小雕气坏了，他用力扇动着翅膀向高空飞去，飞得很高很高，连大雁妈妈喊他的声音都听不见了。

三天之后，他飞回来，找到大雁妈妈一家。

“现在我知道我是谁了，”他说，“因为我是一只雕，所以不得不像雕一样生活。但我永远也不会忘记妈妈的，我决不会袭击大雁家中的任何一个人。”

他告诉了大雁妈妈和雁兄弟姐妹，自己闯天下去了。后来，他做了百鸟之王，仍念念不忘义母的养育之恩。他号令天下猛禽，不要伤害大雁，特别是对孵卵的母雁要尽自己所能来保护她们的安全。所以雕、大隼和北极鸮等猛禽很少有伤害孵卵的母雁的。母雁们呢，在孵卵育雏和休养生息时，也常来寻找这些猛禽的庇护，把家安置在他们的营巢区内。这样，一旦天敌来侵犯，保护人就会义不容辞地惩治他们。

（鲁安基改写）

导读

这也是一则解释性动物故事，这类故事不仅可以告诉读者一些动物知识，而且动物的行为对人类还很有启示。如这则故事中的雕，虽为百鸟之王，却知道以德报恩，号令天下猛禽不要伤害大雁，特别是对孵卵的母雁要尽自己所能来保护她们的安全。很明显，故事起源于人们对现实中存在的这类现象企图做出解释。大自然中有许多秘密有待于人类去探寻，事实上是北极鸮和大隼的营巢区和狩猎区是分开的，它们从不在营巢区的地面上捕食鸟类，不知这究竟是为什么。雁就是利用了它们的这种习性，在这些猛禽的营巢区之外的隐蔽处落下来，步行进入营巢区内生蛋孵卵；而当雁要离窝外出时，也总是步行走出营巢区，然后再起飞。猛禽对在营区内孵卵的鸟类也确实担负起保护者的责任，它不许北极狐靠近巢区，一旦发现它违令犯境，便毫不留情地抓住它，然后飞到半空中扔下来，摔它个半死。雁在猛禽的保护下可以无忧无虑地孵卵，喂雏，休养生息，而当它们一旦离开保护区，就有可能被当作食物捕获。

【非洲】

猴子的心

海边有那么一棵大树，它的枝叶一半覆盖着陆地，另一半则伸向海水。有一只小猴最喜欢这棵树，整天在树上玩啊，跳啊，荡秋千啊，只是在饿了摘树上甜果子吃的时候才安静下来。

那时候，海里住着一条鲨鱼。有一天猴子往水里扔了一个果子，可巧被鲨鱼一口吞掉。真好吃呀！于是鲨鱼每天早晨都游到树下等着，渐渐地便和猴子交上了朋友，并请他每天都扔些果子下来。

“猴子老友，谢谢你啊，”鲨鱼说，“我一直吃鱼，别的啥也没尝过，腻歪死了，这果子真是香甜可口。”

猴子乐于同鲨鱼交朋友，也乐于往海里扔果子，他瞄着一片片海水扔过去，就像岸边的孩子对着滚滚而来的浪花扔石头子儿那样。

这天，当猴子在大树上荡秋千的时候，鲨鱼抬头看了他一会儿，说：“几个月来，你待我真好，每天给我果子吃，我很想报答你呀。”

猴子咬咬指头，很新奇地向下打量着鲨鱼，但什么也没说。

“我决定带你到我家去，”鲨鱼接着说，“你可以见见我家族的亲友们。你对我的好意，他们一定会盛情报答的。”

猴子半信半疑，想了一会儿，回答：“我想还是不去吧，谢谢你了。你也知道，我不会游泳，我们陆上的动物可不喜欢身上的毛被水打湿喽，只要能待在我这树上，也就够好的了。”

“来吧，”鲨鱼说，“谁说你会打湿来着？我打算背你去我家，慢慢游，不甩尾巴，水一滴也不会溅到你身上的。”

猴子犹豫着，天很热，果熟季节也快过去了，想到水上一定很凉快，而且到了那边会有许多好吃的，他终于答应下来。他爬下树，跳到鲨鱼背上,他们就出发了。

一开始,猴子比他原来想象的还要害怕,因为鲨鱼的脊背滑溜溜的抓不住,而且他们在深蓝色的海水里游得又是那么快。可是过了一会儿,他就习惯了。此刻猴子睁大双眼正在看水里的那些鱼类和植物哩。

“玩得痛快吧?”鲨鱼叫道,“你不觉得这儿要比干燥的陆地凉爽吗?”

“是啊,”猴子回答,“不过,你的背要是不这么滑溜溜的就更好了。我们还要走多远?”

“才走了一半,”鲨鱼回答,“我想,有件事应该告诉你了:海里最大最壮的鲨鱼,也就是我们家族的大王,得了病,怕是要死了。不过我们的医生说,他只要吃一颗猴心就会好,所以我才把你请来,带去给他。你对我一直很好,我想还是应该先告诉你,好让你有所准备。”

猴子吓了一跳,差点叫起来。他连忙咬住嘴唇,同时脑子里琢磨着怎样才能脱身。最后,他尽量平静地说:“唉,你真傻,离开陆地的那会儿,你又不告诉我,现在我的心没带来,可拿什么献给你的大王呢?”

“你没把心带在身边?”鲨鱼反问一句,“那么你把它放在哪儿啦?”

“显然你是不大懂得我们猴类的事啊,要不,你应该听说过,我们多数是把心挂在睡觉的树上,只是在晚上才用到它们。”猴子回答,又叹了一口气,“我想你是不会相信我的,那么你继续游好了,等我们到了你家,等你们杀了我,大王看到我没有心的时候,他要发怒就发怒去吧。”

要是这猴儿的话不假,到那时自己的同族们会如何大发雷霆,鲨鱼心里可再清楚不过了。

“我刚才说了，”猴子说得很认真，“本来你只要说一声你需要我的心，我就会把它随身带着的，能把心献给你的大王吃，我甭提多高兴啦，因为你是我的好朋友嘛。”

鲨鱼终于在水里转了个弯，又朝岸边游去，说：“我送你回去，你愿意到树上把心取来吗？”

“当然愿意，”猴子回答，“快点吧，可别叫大王久等了。”

鲨鱼箭一般破浪游去，猴子趴在他的背上，暗自庆幸。他们终于到了岸边，猴子跳上岸，一纵身就上了树，叫道：“等着吧，一会儿就来，我知道心搁在哪儿。”

一切都安静下来。

鲨鱼在树下游过来游过去，等着猴子。可是他既听不到树上有什么声响，也看不到树上有什么动静。一会儿，他叫起来：“猴子，猴子，你拿到心了吗？”

但是没有回答。也许这猴儿把心搁在离岸较远的树上了吧，鲨鱼这么想着又等了一会儿，仍不见动静，最后他沉不住气了，怒冲冲地大喝道：“猴子，猴子，你到底打算要我等多久？”

“砰”，一颗烂果打在鲨鱼鼻子上，跟着从树上爆发出一阵格格的笑声。

“你把我当作大傻瓜吗？”猴子的声音传出来，“你真以为我还会跟你去送死吗？”

“你可是说过要取心回来的，”鲨鱼埋怨着，“莫非你没找到？”

猴子的笑声更响了。

“我的心就在这儿，在我胸膛里，”他高声说，“它一直就在这里跳着呐。好了，你滚吧，我们的交情算完了，也许你可以找到别的猴子傻乎乎地跟你去，可是——”他又添了一句，一字一字地强调，“你找我——没门儿！”说着又扔下一颗干枯的果子打在鲨鱼鼻子上。

鲨鱼怏怏地走掉了，可猴子在树上笑啊说啊，叫朋友们过来，把智胜鲨鱼的事告诉了他们，并且警告大家说，谁要想好好地活下去，就不要稀里糊涂地跟着别人到海上去玩。

（张大军　陈湘文译）

导读

这则民间童话故事不仅在非洲广为流传，也出现在亚洲的印度。究竟何为始祖，无从考稽，也不重要，关键是故事本身新奇、智巧，读来让人紧张，让人痛快，让人回味。故事紧紧围绕“猴子的心”来展开，集中而有序。在故事中，鲨鱼暴露了它恩将仇报的恶劣品质；猴子表现得沉着、机巧与智慧。故事以对鲨鱼的嘲笑来结束，大快人心，耐人寻味。这也教育小读者们，遇到危险或困难的事，一定不要惊慌失措，而要开动自己的脑筋，冷静地去想办法克服它。设想一下，如果小猴子不是这样做的话，它就会丧身于鲨鱼之口了。而镇定和智慧不仅救了小猴子的生命，而且嘲弄了愚蠢丑恶的大鲨鱼。

【德国】格林兄弟

聪明的牧童

从前，有个牧童，别人无论问什么，他都能给一个聪明的回答，因而远近闻名。

国王听说了这件事，不相信，就把牧童叫了去。国王对他说："如果你能回答我三个问题，我就让你住到我的王宫里来。"

牧童自信地说："请出题吧！"

国王问道："世界上的海洋中究竟有多少滴水？"

牧童回答："国王陛下，请您下令把世界上所有的河流都堵起来，不再让一滴水流到海洋里去，那样，我才能数清楚，并且告诉您海里到底有多少滴水。"

国王笑了笑，说："那天上有多少颗星星？"

牧童要了一张很大很大的白纸，在上面画了密密麻麻的小黑点，随后说："天上的星星就跟这纸上的小点子一样多，请你们数数吧。"

那白纸上的小黑点，细小得几乎看不见，谁也没本领数清楚。

国王又出了第三个问题："'永恒'有多少秒钟？"

牧童马上回答："波尼美亚有一座金刚石山，这座山高大无比。每一百年有一只鸟飞到山上来磨它的嘴壳子，等整座山都被磨掉的时候，'永恒'的第一秒钟就算过去了。"

国王点点头，拍着牧童的肩膀说："妙，妙极了！从今以后，你就住到我的王宫里来吧，我愿意把你当作我亲生的儿子。"

（鲁安基改写）

导读

格林兄弟指雅各布·格林（1785 年 1 月 4 日—1863 年 9 月 20

日）和威廉·格林（1786年2月24日—1859年12月16日）兄弟两人。他们是德国19世纪著名的童话搜集家、语言文化研究者。两人因兴趣相近，经历相似，合作研究语言学、搜集和整理民间童话与传说，故称“格林兄弟”。兄弟俩不仅是德国语言学的奠基人，还是世界儿童文学的奠基人，他们搜集和编辑的《德国儿童与家庭童话集》，即《格林童话》，是世界儿童文学中的宝贵财富，其中有世代儿童熟悉的喜爱的童话《白雪公主》《灰姑娘》《小红帽》《睡美人》《青蛙王子》等。

格林兄弟是民间故事最早和最成功的搜集者和改写者。改写的方向就是为了孩子们可以接受。德国因为有格林童话，成为世界儿童文学的重要源头。在中国，童话古已有之，因为没有人为儿童改写，因而埋没在浩瀚的古代典籍中，中国儿童文学的自觉进程也因此非常缓慢。《聪明的牧童》以传统的三段论结构来讲故事，以牧童接受国王的考验设置情节，国王最终兑现了自己的承诺，牧童也因自己的智慧而由平民变身为贵族，故事皆大欢喜，但故事的背后也反映出人们希望自己的才能能够得到权势者的认可，从而改变自己命运的美妙幻想，这也是社会下层人们一种普遍的心理。

动物故事

【中国】任大霖

芦　　鸡

有一年春末，梅花溇（流过我们村子的河）涨大水，从上游漂下来一窠小芦鸡，一共三只。

长发看见了它们，跑来叫我们一起去捉。我们在岸上跟着它们，用长晾竿捞，用石块赶，一直跟到周家桥边，幸亏金奎叔划着船在那里捉鱼，才围住了小芦鸡，用网把它们裹了上来。分配的结果，我一只，长发一只，灿金和王康合一只。

那小芦鸡的样子就跟普通的小鸡差不多，只是浑身是黑的，连嘴和脚爪也是黑的，而腿特别长，所以跑起来特别快。为了防它逃跑，我用细绳缚住它的脚，把它拴在椅子脚上，喂米给它吃。小芦鸡吃得很少，却时时刻刻想逃走，它总是向外面跑，可是绳子拉住了它的脚，它就绕着椅子脚转，跑了几圈以后，绳子绕住在椅子脚上了，它还是跑，直到一只脚被吊了起来，不能动弹时，才"叽呀叽呀"地叫了起来。我以为它是在叫痛了，就去帮它松开绳，可是不一会儿，它又绕紧了绳子，吊起一只脚来，而且叫得更响了，我才知道它不是为了痛在叫，而是为了不能逃跑，才张大了黑嘴在叫唤的。这样几次以后，小芦鸡完全发怒了，它根本不吃米，却一个劲地啄那椅子脚，好像要把这可恶的棍棒啄断才会安静下来似的。

那时候，燕子在我们的檐下做了一个窠，飞进飞出地忙着。只有当燕子在檐下"吉居吉居"地叫着的时候，小芦鸡才比较地安静，它往往循着这叫声，侧着头，停住脚，仔细听着。燕子叫过一阵飞出去了，小芦鸡却还呆呆地停在那儿好一会。它是在回想那广阔河边的芦苇丛，回想在浅滩草窠中的妈妈吗？

长发的那只并不比我的好些。它一粒米也不吃，只是一刻不停地跑、转，到完全累了之后，就倒在地上不起来了。让它喝水，它倒喝一点点。第三天，长发的小芦鸡死了。长发把它葬在园里，还做了一个小坟。

我知道要是老把它拴在椅子脚上，我的小芦鸡也活不长，就把它解开了，让它在天井里活动活动。不过门是关好了的。小芦鸡开始在天井里到处跑，跑了一会儿以后，忽然钻到天井角落上的水缸旁边去了，好久没出来。这时我突然想起：水缸旁边的墙上有个小小的洞，那是从前的猫洞，现在已经堵住了，它会不会钻进洞里去？急忙移开水缸，已经晚了！小芦鸡已经钻进了那个墙洞，塞在里面了。要想从这洞里钻出去是不可能的，可是要退回来，也已经不行了。我们想各种办法帮助它出来，最后我甚至要妈妈把墙壁敲掉，可是即使真地敲掉墙壁也没有用，小芦鸡已经活活地塞死在洞里了。

为这事我哭了一场，不是为我失掉了小芦鸡，而是为小芦鸡要自由却失掉了性命。我觉得这是一件极悲惨的事，而我是要对它负责的。

只有灿金和王康合养的那只小芦鸡，命运比较好些。他们不光给它吃米，还到芦苇丛里去捉蚱蜢来喂它。有时候，灿金还牵着它到河边去走走，让它游游水，再牵回来，就像放牛似的，所以它活下来了。

王康家里养着一群小鸡，他们就让芦鸡跟小鸡在一起。过了半个月，就算解开了绳子，小芦鸡也不逃了。它混在家鸡群里，前前后后地跑着，和别的鸡争食小虫。它比家鸡长得快些，不多久就开始换绒毛，稍稍有点赤膊了。可是，它终究是不快乐的，常常离开家鸡群，独自在一旁呆呆地站立着；而它的骨头突出在肉外，显得那么瘦。

大家都说，灿金和王康合养的小芦鸡“养熟”了，说它将会长得很大、很肥的。

可是有一天，小芦鸡终于逃走了。那时鸡群在河边的草地找虫吃，小芦鸡径直走到河边，走到河里，游过河去；对面是一带密密的芦苇，它钻进芦苇丛，就这样不见了。

第二年夏天，天旱。梅花溇的水完全干了，河底可以走人。有一天，金奎叔来敲门，告诉我说，从河对面走来了两只小芦鸡，他问我要不要去捉。我跑去一看，果然，两只小芦鸡在河旁走着，好像周围没有什么危险似的，坦然地走着。它们的样子完全跟去年我们捉到的那三只一样。

我看了看，就对金奎叔说："不捉它们了吧，反正是养不牢的。"

金奎叔点点头说："是啊，反正是养不牢的。有些小东西，它们生来就是自由自在的，你要把它们养在家里，它们宁愿死。芦鸡就是这样的东西。"

导读

任大霖(1929—1995)，我国著名儿童文学家，曾任少年儿童出版社总编辑。自1947年发表《固执的老蜘蛛》后，毕生从事儿童文学创作与儿童读物出版工作，代表作有短篇小说集《蟋蟀》和小说散文集《童年时代的朋友》。

《芦鸡》选自《童年时代的朋友》，发表在1956年第10期《人民文学》上。所写的是作者童年时代亲身经历的故事。故事由捕鸡——养鸡——失鸡——放弃捕鸡的一系列情节组成，曲折动人地展示了儿童喜爱动物的天性、善良的心灵和爱护动物的品格。而篇末对小芦鸡"不自由、宁愿死"的性格评价，又非常耐人寻味。以动物为主要描写对象，但又不是单纯地描述动物本身，而是通过动物与孩子之间发生的故事来写动物的生活，这样的动物故事，已与生活故事很接近了。

【中国】林焕彰

燕 子 怨

燕子是一种候鸟，也是一种益鸟。秋后，它们就飞到南方过冬，春季时再飞回北方。它们是很念旧的，不管飞到南方或北方，都会先找它们曾经住过的旧巢，再搭新窝，抚育下一代。

在黑龙江省，有一个城市的名字很美，叫牡丹江市。那里，几百年来，就住着很多很多的燕子，几乎每户人家的屋檐下或梁上，都会有燕子做巢栖息，而且一代又一代。很多燕子，从它们的祖父的祖父的时代开始，就住在同一个屋檐底下，有的比现在的住户都可能住得还要久。

这年春天才刚刚到牡丹江市，有一对从南方千里之外的宝岛飞回的燕子，它们连续飞了几天，才在清晨飞到了还是一片雾蒙蒙的城市上空。它们低飞穿梭了两下，就一眼认出了它们去年秋后离开时住着的那户人家的房屋和它们自己辛辛苦苦搭建起来的老窝。它们很高兴，吱吱地叫了几声之后，就缓缓飞到那屋檐底下，停在它们旧巢的外边。先是东张西望，再是仔仔细细地查看了一番，证明没被其他燕子占用，然后它们好像在商量什么，又吱吱、吱吱地叫了几声，就决定还是继续要在那里住下来，并且开始计划要怎样来整修它们的家。

公燕子和母燕子，都是很合作的。从第二天开始，它们在天还未完全亮时就一起飞出去。飞出城市的上空、飞到郊外去寻找哪儿有上好的黏泥。一趟又一趟，一趟又一趟，再远它们都不怕累。一趟又一趟地，飞过来飞过去，因为它们决心整修好旧窝之后，就要好好地抚育它们的下一代，所以工作起来，也表现得特别有精神。人们常常可以听到它们吱吱、吱吱的轻快有力的叫声，也常常可以看到它们灵活穿梭飞翔的优美的飞姿，给北方的春天和北方的人们增添了一分活力。

可是，这户人家的主人，不知打什么时候开始，对它们这么勤快地飞来飞去，吱吱、吱吱的叫声感到厌烦，表现得非常不高兴。有一天，当这对燕子飞出去之后，他就拿着一根长长的竹竿，对准燕子的泥巢用力地戳了两下，燕窠破了一个大洞。泥屑纷纷掉下的时候，还真不凑巧，有些竟掉进那个人睁开的眼睛里，又惹起他破口臭骂了几句。

燕子回来时，看到它们自己辛辛苦苦整修过的老家破了一个大洞，它们都非常伤心难过。因为它们在南方过冬时，没碰过这么无情无理的屋主。那一夜，这对燕子简直都无法入睡。母燕子不住地吱吱吱地哭泣着，公燕子虽然也吱吱吱地不停地安慰它亲爱的太太，可是它自己也一样的伤心难过，甚至已经有些气恨哪！但是，到了快天亮的时候，它们擦干了眼泪，又振作起来。决定无论如何，再辛苦劳累，为了重建一个温馨的家园，给下一代一个温暖的小窝，还是要勉力重新修补呀！

这天，还是在天还未完全亮的时候，它们又一起飞出城去，飞到郊外，飞到一片麦田里，去挑选它们想要的上好的黏泥，并且一趟又一趟地来回搬运。有时肚子饿过了头，它们为了要赶紧修好被毁坏的旧窝，都忘了去捕捉美味的小虫虫来吃。就这样，一天两天、三天四天，不停地工作、辛劳，终于又整修好了它们的家，并且也舒舒服服地睡了一夜，恢复身体的疲劳。可是，第三天，当它们飞去麦田寻找美味可口的小虫虫野餐的时候，这户人家的主人，又无缘无故地，拿着长长的竹竿，对准它们的窝，狠狠地连捅了二三下。这一次，燕子的窝巢，几乎彻底地被他全毁了，只剩下一些黏在梁上的泥巴，像无声张开的一个大口，等待它可怜无告的主人回来。

黄昏时，这对燕子才高高兴兴地飞回来，远远的人们就可以听到它们吱吱吱吱的轻快的叫声，想它们的这一天，一定是很快乐地在麦田里享受过丰盛的美味吧。没想到，它们正缓缓减速，低低飞降下来的时候，刹那间竟发出两声短促悲痛、愤怒的尖叫声，两只恩爱的燕子，同时朝着那户人家的门墙猛撞两下，就当场坠落，死在那户人家的家门口。

导读

林焕彰(1939—)，台湾省宜兰县人，著名儿童文学家、诗人，为海峡两岸儿童文学的交流及世界华文儿童文学的发展做出了积极的贡献。先后任台湾儿童文学学会第一届常务理事及总干事、大陆儿童文学研究会会长、世界华文儿童文学资料馆馆长，并创办《儿童文学家》季刊。代表作品有儿童诗集《妹妹的红雨鞋》《林焕彰儿童诗选》等。其作品被译为英、日、韩、德、法、荷、泰等多种文字，介绍到国外。

《燕子怨》是诗人林焕彰为数不多的散文故事之一，并且是以动物为描写对象的。作家以饱含真情的朴实文笔，讴歌了象征美好与春天的燕子。继而笔锋一转，将燕子快乐地归巢与随之发生的悲剧构成强烈对比，控诉了那种不爱护动物的恶劣行为，有着深刻的教育意义。燕子的死，是对不保护动物的人们的强烈抗议，它能引起儿童读者深深的同情，也对少年儿童从小就树立爱护动物、保护大自然的好风尚起到积极的促进意义。

【印度】普列姆·昌德

蛇宝石

当我在轮船上工作的时候,曾有机会到科伦坡去过一次。我早就想拜访那个地方,看看罗婆娜(著名的印度古代史诗《罗摩衍那》中的人物之一)的府邸。我们的轮船从加尔各答出发,经过六天的航行,在第七天到达了科伦坡。我的一位朋友住在这座城市里,他在那儿的一个工厂里工作。我事先给他写了一封信,告诉他,我将到来。

朋友在码头上很高兴地迎接了我。我们决定马上去参观城里的名胜古迹,因为我们的轮船在港口停泊好几天,我向船长请了四天假。

我和朋友先去吃晚饭。吃饭时,我们谈到了这里的珍珠母贝和珍珠。我的朋友说:

"我们这里的人都是在海里采珍珠和珠母,要得到它们并不难。但是我想给你一件十分稀罕的东西,这东西你大概还从未见过。当然,你也许在书中读到过它。"

"这是什么东西?"我好奇地问。

"蛇宝石。"他平静地回答。

"蛇宝石?"我重问了一次,不相信自己的耳朵。"关于这种宝石我听说过很多。"我说道,想把谈话继续下去,"在我读过的一些故事和传说中,都提到过蛇宝石。我听说这种宝石价值连城,但是这种宝石真的是蛇宝石吗?"

"是的,我的朋友,这是真正的蛇宝石。等你拿到它的时候,你就会相信啦。在斯里兰卡的热带丛林里,"我的朋友继续说,"大约有五十种各不相同的蛇,但在这五十种蛇中,只有一种蛇有发光的宝石。

我们这儿把这种蛇叫做作加阿丽亚。当然,要得到蛇宝石是很困难的,但还是可以找到它。”

从前,我听说蛇把这种发光的石头放在自己的头上。但是,现在我弄清了,这是不对的。

我的朋友向我解释:“宝石在蛇的嘴里。”

“在蛇嘴里怎么能看到光呢?”我问。

我的朋友笑起来,说道:

“当蛇需要亮光时,它就把这块宝石放到一块平坦、干净的石头上,自己躺到石头的对面。只要有一点儿危险,蛇就把宝石含进嘴里,消失在黑夜中。但是,蛇以后又会到这个地方来。蛇有这样一种习惯:它只要把自己的宝石在哪个地方放过一次,它就会不断地到这个地方来。我对相熟的人说,如果他们在哪儿发现了这种蛇,一定告诉我。”

两天过去了。第三天晚上,我的朋友来通知我:

“你看,兄弟,已经发现蛇宝石了! 咱们走吧!”

我迅速地收拾好东西和朋友一起来到街上。有一个人在那儿等我们——就是他把这消息带来的。他对我们说:“今天我看到一条有宝石的蛇,当时它正在森林里玩一块宝石。如果你们马上和我一起到那儿去,一定能得到宝石!”

我高兴地听从了他的建议。于是,我们和这位向导一起出发去找蛇宝石。

我们越过杂草丛,在伸手不见五指的黑暗里走了一段时间。突然,向导停住脚步,用手指向一旁,轻轻地说:

“看,那就是蛇! 在它前面有一块闪闪发光的宝石!”

我向他指的方向看去,果然不错,在离我们约二十步远的地方有一条蛇。蛇躺着,头抬得很高,蛇周围的一切都被照亮了。起初,我以为亮光是从森林里普通的萤火虫身上发出来的。但亮光是均匀、平稳的。大家知道，萤火虫的亮光是一闪一闪的，它忽强忽弱，忽明忽暗。我长时间紧张地思索着，怎样才能把这块宝石弄到手。最后，我向向导转过身去，低声说道："可惜我们没带枪来。否则，我们就可以开枪把蛇打死，宝石就是我们的了。"

"先生，根本用不着枪。"向导平静地回答，"你们在这里等一下，我很快就回来。"说完这话，他离开我们，不知到哪儿去了。过了一会儿，他手里拿着一团泥回来了，叫我们别出声，看着他。

向导悄悄地爬到一棵树上，并用手势叫我照样做。我也爬到了树上。这时，向导小心翼翼地攀着一根大树枝，朝蛇宝石在下面发光的方向爬去。向导突然把泥团向发光的石头扔去，周围马上黑下来。从树下的草和树叶中传来了一阵沙沙的响声。可以猜到，蛇正在不安地窜来窜去，寻找自己的宝石。过了一会，沙沙的响声停止了。我想蛇一定爬走了。我开始从树上爬下来。但是，向导一把抓住我的手，说道：

"现在你不能爬下去！一下去，你可能就回不了家啦。蛇就藏在附近某个地方。"

我们和向导一起在树上待了整整一夜。天刚亮，我们向四周环顾了一遍，就从树上爬了下来。向导把泥团扒开，蛇宝石就在下面。我高兴得忘乎所以。

我们和向导一起回到家里后，我的朋友问我：

"呶，怎么样，你现在信不信我？"

"是的，"我答道，"我们真的得到了蛇宝石。但我直到现在仍然怀疑，这就是那种价值连城的蛇宝石。"

我仔细地端详着这块有名的蛇宝石，终于发现，这不是什么珍品。它只是一块加热的时候会发光的普通石头。蛇整天把石头含在自己的嘴里，使它发热。晚上，蛇带着石头去捕食，用石头做诱饵。蛇把发光的石头放在自己前面，吞食掉一切从黑暗中向神秘的亮光扑来的小昆虫和蚊子。

（邱家正译）

导读

普列姆·昌德（1880—1936），印度20世纪初的著名作家，他和泰戈尔一起，代表了印度的一个文学时代。他一生留下12部长篇小说和350多篇短篇小说。《蛇宝石》是作者极富传奇性的动物故事之一。印度的热带丛林里藏着许多人们希望知道的故事，蛇宝石的秘密就很富吸引力。作者故事艺术的高明之处，在于能够充分调动读者的好奇心理，并引导读者在不断的阅读中揭开蛇宝石之谜，而结论又是那样的出人意料：蛇宝石只是一块加热的时候会发光的普通石头。与一般动物故事直接描写动物不同，这里是以价值连城的蛇宝石作为线索，从而解释一种蛇的生活习性，知识性与故事性的巧妙结合，给读者以深刻的印象。

【俄国】屠格涅夫

小 鹌 鹑

我现在给你们讲个故事，这是我亲身经历的，那时我十岁。

那是个夏天。当时我跟父亲住在南俄罗斯一个田庄里。田庄周围好几里都是草原，附近没有树林子也没有河。只有一些不深的冲沟长满灌木，像绿色的长蛇一样在各处切断平坦的草原。在这些冲沟底下潺潺流着溪水。在有些地方，就在陡坡下面，可以看见一些清泉，泉水像眼泪一般清莹。一些脚踩出来的小径通到清泉这里，泉水边湿漉漉的泥地上杂乱地印满了小鸟和小动物的脚印。它们和人一样，也需要清水。

我父亲是个打猎迷。只要家务不忙，天气又好，他就拿起猎枪，背上猎袋，唤来他那只叫宝贝儿的老猎犬，出发打沙鸡和鹌鹑去了。他看不起兔子，把它们留给那些带着快犬的猎人去打。我们这里不大有别的鸟，只有秋天才会飞来一些山鹬。可是鹌鹑和沙鸡很多，特别是沙鸡。冲沟边上常有一些干土围成的圈圈，这就是它们掘的。老宝贝儿马上踞地作势，尾巴抖动，皱起额上的皮肤。我父亲也脸色发白，小心翼翼地扳起扳机。我父亲常常把我带去……我可高兴极了！我把裤腿塞进皮靴筒，肩膀上挂个水壶，自以为是个猎人了！我走得汗如雨下，小石子钻进我的皮靴，可是我不觉得累，也没有落在父亲后面。每次枪声一响，鸟一掉下来，我总是站在那里跳个不停，甚至大叫——我太高兴了！受伤的鸟有时在草上，有时在宝贝儿的牙缝里挣扎拍翅膀，流着血，可我总是兴高采烈，一点不觉得有什么怜悯心。我要是能亲手开枪打死沙鸡和鹌鹑，我还有什么会不答应啊！可是父亲对我说，不到十二岁就不给我枪，到时候给我的也只是单筒枪，而且只许打云雀。这种云雀在我们那里可多了。在大晴天里，它们常常几十只几十只地在明朗的天空中盘旋，越飞越高，发出银铃般的声音。我望着我这些未来的猎物，用背在肩膀上代替枪的木棍对它们瞄准。当它们离地两米来高，在突然落到草堆里去之前浑身颤动的时候，打中它们是很容易的。有时候在田野上，在割过庄稼的地里，或者在绿茵里远远出现些野雁。我想，只要打死一只这种大家伙，以后不活也值得了！我把它们指点给父亲看，可父亲每次都对我说，野雁这种鸟极其小心谨慎，不让人接近它们。有一回他试试看想偷偷走近一只孤零零的野雁，以为它中了枪，离群了。他吩咐宝贝儿跟着他走，让我留在原来地方。他在枪上装上特大砂弹，再一次回头看看宝贝儿，甚至警告它，低声命令它说："退后！退后！"他低低弯着腰，不是直接向着野雁走，却是绕着走。宝贝儿虽然没有压低身子，可是走得也很奇怪：撇开了腿，夹紧尾巴，咬住一片嘴唇。我忍不住，几乎要爬着去追父亲和宝贝儿了。可是还没有离野雁三百步的地方，野雁先是跑，然后拍拍翅膀，飞起来了。父亲开了一枪，可是只能望着它飞走……宝贝儿窜上前去，也望着。我也望着……我多生气呀！它只要再等一会儿就好了！特大砂弹一准打中它！

有一回，正好是彼得节[①]前夕，我跟父亲去打猎。那时沙鸡还小，父亲不想打它们，就到黑麦地旁边的小橡树丛那里，这种地方常常有鹌鹑。那里草不好割，因此草好久没动过了。花很多，有箭筈豌豆、三叶草、挂钟草、毋忘侬花、石竹。我同妹妹或者女仆到那里去的时候，总是采上一大把。可是我跟父亲去就不采花，因为我觉得这样做有失猎人的身份。

忽然之间，宝贝儿踞地作势。我父亲叫了一声："抓住它！"就在

---

① 俄历六月二十九日。

宝贝儿的鼻子下面，一只鹌鹑跳起来，飞走了。可是它飞得很奇怪：翻着跟头，转来转去，又落到地上，好像是受了伤，或者翅膀坏了。宝贝儿拼命去追它……如果小鸟好好地飞，它是不会这么追的。父亲甚至没法开枪，他怕散弹会把狗打伤。我猛一看：宝贝儿加紧扑上去——一口咬住了！它抓住了鹌鹑，叼回来交给父亲。父亲接过鹌鹑，把它肚子朝天放在掌心上。我跳了起来。

"怎么啦，"我说，"它本来受伤了吗？"

"没有，"父亲回答我说，"它本来没受伤。准是这儿附近有它的一窠小鹌鹑，它有意装作受了伤，让狗以为捉它很容易。"

"它为什么这样做呢？"我问。

"为了引狗离开它那些小鹌鹑。引走以后它就飞走了。可这一回它没考虑到，装得过了头，于是给宝贝儿逮住了。"

"那它原来不是受了伤的？"我再问一次。

"不是……可这回它活不了啦……宝贝儿准是用牙咬了它。"

我靠近鹌鹑。它在父亲的掌心上一动不动，耷拉着小脑袋，用一只褐色小眼睛从旁边看着我。我忽然极其可怜它！我觉得它在看着我并且想："为什么我应该死呢？为什么？我是尽我的责任，我尽力使我那些孩子得救，把狗引开，结果我完了！我真可怜啊！真可怜！这是不公平的！不公平！"

"爸爸！"我说，"也许它不会死……"

我想摸摸小鹌鹑的小脑袋。可是父亲对我说：

"不行了！你瞧它这就把腿伸直，全身哆嗦，闭上眼睛了。"

果然如此。它眼睛一闭，我就大哭起来。

"你哭什么？"父亲笑着问。

"我可怜它，"我说，"它尽了它的责任，可是我们把它打死了！这是不公平的！"

“它想耍滑头，”父亲回答说，“只是耍不过宝贝儿。”

“宝贝儿真坏！”我心里想……这回我觉得父亲也不好，“这是什么耍滑头？这是对孩子的爱，可不是耍滑头！如果它不得不假装受伤来救孩子，宝贝儿就不该捉它！”父亲已经想把鹌鹑塞进猎袋，可我问他要过来，小心地放在两个手掌中间，向它吹气……它不会醒过来吗？可是它不动。

“没用的，孩子，”父亲说，“你弄不活它。瞧，摇摇它，头都直晃荡了。”

我轻轻地把它的嘴抬起来，可一放手，头又耷拉下来了。

“你还在可怜它？”父亲问我。

“现在谁喂它的孩子呢？”我反问。

父亲定睛看着我。

“别担心，”他说，“有雄鹌鹑，它们的爸爸，它会喂它们的。等一等，”他加上一句，“宝贝儿怎么又踞地作势了……这不是鹌鹑窠吗？是鹌鹑窠！”

真的……离宝贝儿的嘴两步远，在草上紧紧并排躺着四只小鹌鹑。它们你挤我我挤你，伸长了脖子，全都同时很急地喘气……像是哆嗦着！它们羽毛已经丰满了，绒毛没有了，只是尾巴还很短。

“爸爸，爸爸！”我拼命地叫，“把宝贝儿给叫回来！它要把它们也咬死的！”

父亲叫住了宝贝儿，走到一边，坐在小树丛底下吃早饭。可我留在窠旁边，不想吃早饭。我掏出一块干净手帕，把雌鹌鹑放在上面。“没妈的孩子，看看吧，这是你们的妈！它为了你们，把自己的生命牺牲了！”几只小鹌鹑照旧抖动全身，很急地喘气。接着我走到父亲身旁。

“这只鹌鹑，你能送给我吗？”我问他。

"好吧。可你想拿它干什么呢?"

"我想把它给埋了!"

"埋了?"

"对。埋在它的窠旁边。把你的小刀给我,我要用它挖个小坟。"

父亲很惊讶。

"让那些小鹌鹑到它的坟上去吗?"他问。

"不,"我回答说,"可我……想这样。它将在自己的窠旁边安眠!"

父亲一句话也没说。他掏出小刀给了我。我马上挖了个小坑,亲亲小鹌鹑的胸口,把它放到小坑里,撒上了土。接着我又用那把小刀截下两根树枝,削掉树皮,十字交叉,用一根草扎住,插在坟上。我和父亲很快就走远了,可我一直回头望……十字架白晃晃的,很远还能看见。

夜里我做了个梦,梦见我在天上。这是什么?在一小朵云彩上坐着我那只小鹌鹑,只是它全身也是白晃晃的,像那个十字架!它头上有个小金冠,像是奖赏它为自己的孩子殉了难!

过了五天,我和父亲又来到原来地方。我根据发了黄但没有倒下的十字架找到了小坟。可是窠空了,几只小鹌鹑不见了。我父亲要我相信,是老头子,小鹌鹑的父亲,把它们带走了。等到几步远的矮树丛下面飞出只老鹌鹑时,父亲没有开枪打它……我想:"不对!爸爸是好的!"

可是奇怪,从那天起,我对打猎的兴头没有了,我已经不去想父亲将要送我枪的那一天!虽然我大起来也开始打猎,可我始终成不了一真正的猎人。后来又有一件事情使我抛弃了这玩意儿。

有一回,我同一个朋友去打乌鸡。我们找到了一窠乌鸡。雌乌鸡飞出来,我们开枪打中了它,可是它没倒下,带着小乌鸡一起继续

飞。我正想去追它们,我的朋友对我说:

“还是在这儿坐会儿,把它们叫过来……它们马上就要回来的。”

我的朋友吹口哨学乌鸡叫学得极好。我们坐了一会,他开始吹口哨。真的,先是一只小的应和,接着又是一只,这时我们听到雌乌鸡咕咕叫,叫声又温柔,离得又近。我抬头一看:它正穿过乱草向我们过来,来得很急很急,整个胸部都是血!这就是说,慈母的心再也忍受不住了!这时我觉得自己是多么的坏!……我站起身子,拍起手来。雌乌鸡马上飞走了,小乌鸡也不叫了。我的朋友很生气,他以为我疯了……“你呀,把这场打猎全给毁了!”

可从那天起,我对于打死什么和使什么流血感到越来越难受。

(任溶溶译)

导读

屠格涅夫(1818—1883),俄国大作家,生于贵族家庭,但有着十分可贵的同情心与爱心。1847 年到 1852 年发表《猎人笔记》,揭露农奴主的残暴和农奴的悲惨命运,同时歌颂农民的聪明和坚毅,因此被放逐。在流浪中,他又写了中篇小说《木木》,对农奴制表示要强烈的抗议。以后又写出了《父与子》和《处女地》等著名长篇小说。屠格涅夫善于发现生活中的新动向,作品中形象鲜明,用语精炼,对俄罗斯文学的发展产生了巨大的影响。

人性是一切文学表现的永恒母题,而其中最神圣的母爱无疑是文学永恒的主题。如果说“文学是人学”,那么唯有真实地反映了“人性”的文学,才是真文学。这一点,在以儿童为对象的动物故事中表现得最为集中与突出。以《小鹌鹑》为例,作品中母鹌鹑佯装受伤吸引猎狗以舍身救子、“我”对鹌鹑母亲的可怜以及把它隆重地下葬、父亲对“我”行为的惊讶以及“我”对打猎的反感，所有的情节都以歌颂动物天生的母性为主题，故事十分感人，《小鹌鹑》是屠格涅夫回忆童年跟随父亲打猎所目睹的一幕动物的悲剧。文中写的虽然是小小的鹌鹑的遭遇，但作家以其生动细致的描写、孩子的天真和真挚的同情之笔，描绘了动物世界、成人世界与儿童世界之间的动人故事，尤其是“穿过乱草向我们过来”的“整个胸部都是血”的乌鸡形象，具有撼动人心的艺术力量。

《小鹌鹑》是屠格涅夫在巴黎应列夫·托尔斯泰之约为俄国儿童写的。列夫·托尔斯泰把它和自己的一些儿童故事编成一个集子出版。第二年屠格涅夫去世，因此，《小鹌鹑》也是他发表的最后一篇作品。

【苏联】比安基

写在雪地上的书

野兽走来走去，把脚印留在雪地上。那些脚印并不是一下子都能弄清楚的。

左边，那矮树林下面出现的是兔子的脚印，后脚留下的脚印是长条形的，前脚留下的脚印是小圆形的。兔子的脚印多半在旷野间。右边，是另一种野兽的脚印，要略大一点，雪地上留下的脚爪的深痕，这是狐狸的脚印。而兔子脚印的另一边还有一串脚印，也是狐狸留下的，只不过这只狐狸是向后跑的。

兔子在旷野里兜了个圈子，狐狸也跟着兜了个圈子。兔子的脚印向另一方向延伸，狐狸也跟着。两串脚印在旷野中不见了。

瞧，在另一边又出现了兔子的脚印。一下不见了，一下又有了……

兔子走着，走着，走着，后来突然不见了，就像是钻进了地里！在兔子脚印消失的地方，留下一个乱糟糟的雪窝，四面有一条条光滑的痕迹，仿佛是人用指头去抹过油似的。

狐狸哪儿去了？

兔子哪儿去了？

我们来看脚印。

这是一座矮树林。

这里的树皮被撕开，挂了下来。矮树下留下许多踩踏的脚印，还伴有泥污。这是兔子的脚印。这只兔子吃嫩树皮，显然它的肚子饿了。它用后腿站立起来，用牙撕下一块树皮，在嘴里嚼碎。走了几步，那里又撕下一块树皮。吃饱了，想睡觉了。

它边跑边找，看去哪儿躲着睡觉最合适。

再来看，这是狐狸的脚印，就在兔子的脚印近旁。事情准是这样：兔子睡了，睡了一个钟头，又睡了一个钟头。狐狸在旷野里走着。它发现：雪地上有兔子脚印！狐狸的尖嘴于是挨贴到地面，走着，嗅着。

它马上闻出来：这脚印是刚留下的！

它沿着脚印追击。

狐狸狡猾，可兔子也不笨。兔子把自己的脚印搞得乱乱的。它在旷野里一蹦一跳，一蹦一跳，拐了个弯，兜了个大圈，然后穿过自己的脚印，往一面跑了。

兔子的脚印先是从从容容、不慌不忙的，在没有觉察有灾祸追随着它时，它的步态是平稳的。

狐狸追呀，追呀，它看出拐弯处的脚印是新鲜的。它没有猜到兔子兜了一个大圈。

狐狸追踪新鲜的脚印，拐弯从侧边跑呀追，追呀跑，突然，脚印没有了，这下往哪儿追？

其实，这是兔子的又一个新花招。

兔子兜了个圈，穿过自己的脚印，往前走一段，又顺着自己的脚印往后走。兔子这回走得很小心，很仔细，每一步都踩着原来自己留下的脚印。

狐狸站着，站着，接着往回走。

又走到脚印交叉的地方。

它随着兔子的脚印兜了一个圈。

它走呀，走呀，看出兔子在蒙骗它，引它上当，它不知道该往哪个方向才能找到兔子！

它打了个响鼻，就进森林干它自个的事情去了。

事情就是这样：兔子同一串脚印走了两次，向前一次，又踩着自己的脚印往后走一次。

它在没有兜完一个圈的时候，就穿过一个雪堆，从一个方向跑掉了。

它跳着穿过矮树林，就在一堆干树枝底下悄悄躺着。

它躺在那里，一直躺到狐狸循着它的脚印找来。

等到狐狸走远了，就一下从干树枝堆下跳出来，钻进了密密匝匝的树林。

兔子能跳得很远，跳着跑的时候，后脚一下子都碰到了前脚，这时候留下的就是飞奔的脚印。

它飞奔起来，人眼都看不清楚。路上有树桩。兔子偏身一绕就过去了。可在树桩上……

在树桩上蹲着一只大雕。

大雕一见是兔子，马上飞起，追上了兔子。一追上，就用它那双铁钩般的利爪去钩兔子的脊背！

兔子一头钻进了雪地，大雕马上扑过去，一对大翅膀在雪地上"拍拍"扑扇，把泥污都扇了起来。

兔子钻进积雪的地面，就留下一个乱糟糟的雪窝。大雕翅膀每一下拂扇，都在雪地上留下痕迹，那些痕迹就都像手指去抹过油那般的光滑。

兔子飞奔着，很快钻进了森林，脚印也就不见了。

（韦苇译）

导读

比安基（1894—1959），苏联时期享有世界声誉的大自然文学大师，卓越的动物故事作家。比安基出生在彼得格勒一个动物学家的家庭，曾就读于彼得格勒大学数学物理系博物学专业。1923年开始文学创作。在他笔下的飞禽走兽都各具独特的“性格”，作家引人入胜的作品在孩子们面前展现了一个神秘的、富有诗意的、同时又是一个现实的自然世界。其著名作品《森林报》是他用30年时间对自然界大量观察和悉心研究的成果，在儿童文学中占有突出的地位，被誉为一部俄罗斯大自然的百科全书。比安基的作品几乎全是科普性读物。这位语言艺术大师，特别擅长用艺术手法真实而富有情趣地描写森林、动物以及大自然与人的关系。他的作品题材新颖，文笔细腻，语言轻快，生动活泼，充满欢快的动物模拟声。这些特点在这篇《写在雪地上的书》中，就可见其一斑。

比安基笔下的动物栩栩如生，十分可爱，譬如这则故事中的兔子、狐狸与大雕。作者非常精巧地用这三个动物留在雪地上的不同“脚印”，结构了一个动物的生态故事，让人联想到中国的一句成语：狡兔三窟。自然生态的知识性、叙述描绘的细腻逼真以及扣人心弦的故事性，使得这则短小的动物故事成为值得细细品赏的美文佳作。

【加拿大】西顿

鸽子阿诺

今天对50羽幼鸽进行考试。为了让它们学会归巢，它们和父母一块儿被带到野外去放飞已经有一两次了。眼下他们面临着没有长者在场的第一次独立飞行。放飞的地点决定在伊丽莎白市——对幼鸽来说，这可是一段不小的距离呀。

鸽主们和左邻右舍的爱好者们对各种鸽子打着赌。他们彼此商定了赢家的筹码。

能及时从放飞地归巢的鸽子叫返回鸽。这种鸽子身上没有什么特别的色调和适于鸟展的奇异的装饰品。殖育它们不是供观赏，而是因为它们飞得快，脑瓜儿灵。对它们的要求是眷恋故土，能毫发不爽地找到自己的出生地。如今人们认为，方向感是在耳窝里。世上没有一个生物具有比优良的返回鸽更敏锐的方向感了。这种鸽子可以随时从其两只耳朵上头的大凸形和一对强有力的翅膀识别出来。我们贪婪地瞅着西南方的地平线，突然有人大叫一声：

“瞧，他们来了！”

一个白乎乎的云状物从城市屋顶上头低低地掠过，绕过工厂的烟囱，不到两秒钟，鸽子便回到了原地。白乎乎的云状物的出现、翅膀的沙沙声——这一切来得那么突然，那么迅速，像一支箭，一支蓝闪闪的箭带着哨音打我身旁掠过，它的翅膀擦过我的脸庞，我便听见一阵号叫声：

“阿诺！阿诺！我早对你们说过它一定会赢嘛！啊，我的宝贝儿！刚刚三个月，你就获奖了！我亲爱的！”

阿诺的主人高兴得手舞足蹈，与其说他高兴的是钱，毋宁说他高兴的是鸽子取得的成就。

所有的人都围着鸽子蹲了下来，怀着一种崇敬的心情打量着这个胜利者：它先吮足了水，然后把脸向饲料槽转去。

“瞧这双眼睛，这对翅膀！你们可曾见到过这样的胸脯么！嗬，它真棒，简直没说的了！”他的主人对那些遭到挫败后一言不发的鸽主们这样称赞说。

这是阿诺建树的第一次功勋。它成了50羽优秀鸽子中的佼佼者，它的前程似锦啦。

它得到了一只用来嘉奖优秀鸽子的银环，环上印着它那华美的番号：2590C。

它们长着长长的翅膀，它们之所以被豢养，就是为了在人们遇到严重困难的时刻，它们可以帮助人们。它们的羽毛有白色的、瓦灰色的或咖啡色的，它们没有一种固定的毛色。但每一羽当选的鸽子都有一双亮闪闪的眼睛，在它的耳朵上头都有高级的返回鸽种所具有的那种凸形。小阿诺是这些鸽子中的佼佼者，飞行几乎总是名列前茅。待在家里时，它和别的鸽子很少有什么区别，因为如今所有的鸽子都套上了银环。然而它飞往空中，人们一眼就能认出它来。只要一打开鸽笼，便是阿诺第一个飞出去。它升到必要的高度以后，识别归巢的路，便正确无误地向前飞去，既不停下来吃，也不停下来喝，更不停下来玩。主人可喜爱自己的阿诺了。

“阿诺，我的美人儿！”他这样说。

不久，阿诺的鸽主得知，阿诺在海上，在雾中，用4个小时零40分的时间飞了210海里。然后，还不到1个小时，救生船就被派去营救遇难的那艘轮船了。

在海上，在雾中，用4小时零40分飞了210海里呀！这是多么光荣的纪录哇！它当之无愧地被列入鸽子俱乐部的名册中。人们用手捧着阿诺，书记戴上橡皮手套，用洗不掉的墨汁，在它的一只翅膀的一片雪白的羽毛上记下了它的功勋和建立这个功勋的日子。阿诺的鸽主比利因而得了一笔可观的酬金。

过了些日子，阿诺又建立了其他许多功勋。

有一天，马房跟前开来一辆轿式马车，上面下来一位白发苍苍的老先生。他顺着沾满灰尘的楼梯爬上鸽巢，不时透过金丝眼镜一会儿瞅瞅一堆文件，一会儿瞧瞧城市的房顶，窥视和期待着什么——什么呢？来自 40 英里以外的一个小地方的信息，他必须赶在电报之前就收到的信息，因为每一个单向电报至少要耽搁 1 个小时。还有什么能比 40 英里以外的电报来得更快的呢？在那个时代只有一种工具，这就是头等信鸽。

只要它能获胜，钱不在话下。这位老银行家请求派一羽优秀的鸽子出去，不管付多大代价。于是阿诺被选作信使，它的两只翅膀上印下了许多不可磨灭的记录。

过了一小时又一小时，第三个小时刚刚开始，便有一颗蓝闪闪的流星带着翅膀的呼啸声冲进鸽巢。小阿诺给银行家带来一个字条。老头儿战战兢兢地极为吃力地把字条打开一看，他的脸上顿时豁然开朗了。

“感谢上帝！”他低声地说。

然后，感到庆幸的银行家赶忙去参加董事会会议，因为他知道，他已稳操胜券。小阿诺把他从死亡线上拯救了过来。银行家很想得到这羽信鸽，他觉着他应当保护和悉心照料自己的救星。可比利回答说：

“这管什么用呢？返回鸽的心您可是买不去的呀，您顶多把它变成俘虏罢了——如此而已，但世界上没有任何东西能使它忘掉出生之地——鸽巢。”

这样，阿诺便仍旧留在 19 号西街 211 号。可银行家始终没有忘记它。

在我们国家有不少这样的恶棍，他们把飞着的鸽子看作合法的猎物，他们之所以敢于打死它，是因为他们不容易被人揭发出来。因此，有不少高尚的信使带着关系人生死存亡的消息在空中飞行的时候，被凶手打死，变成了人们的包子馅儿。

阿诺的哥哥，已经创造了三次光荣纪录的阿诺尔夫，在给敌人送紧急挑战书的时候被打死了。它倒在射手的脚下，于是它那双壮丽的翅膀展开了，露出了累累战绩。它的一只脚上现出一枚银环，那猎人因此受到良心的谴责。他寄了一封信给一位博士，把那羽被打死的鸽子还给了鸽子俱乐部，并且通知说，这只鸟是他“找到”的。鸽主找上门去了，猎人张皇不知所措，只好承认这个信使是他给打死的，但说他这样做是因为他的一位生病的邻居想吃鸽子肉馅儿包子。

鸽主含着泪水愤怒地说：

“我的小鸟，我美丽的阿诺尔夫啊！它带回来20个重要消息，三次打破了纪录，两次拯救了人的性命，可你为了包子而打死了它！我本可以追究你的法律责任，但我非常厌恶这种毫无价值的报复行为。我只求你一点：如果今后什么时候你的哪位生病的邻居想吃鸽子肉馅儿包子的话，那么请来找我，我将无偿地供应你适合做包子馅儿的杂种鸽子。可是，倘若你还有哪怕一点良心的话，你就永远永远也不要再杀害、也不容许别人杀害我们的高尚的、极为宝贵的信使了。”

这事发生在银行家经常造访鸽巢，心里燃起对鸽子的感激之情的时候。他是一个有势力的人，在沃尔巴尼[1]通过的一项保护鸽子的法律就是阿诺的功绩赢得的结果之一。

（阿书汉译）

---

① 沃尔巴尼：美国纽约州首府。

导读

西顿(1860—1946),生于英国,后随父母迁居加拿大。他是加拿大著名作家和画家,加拿大的动物文学就是从他开始建立起来的。他用现实主义的文笔描述自己所谙熟的动物的面貌、生活方式和感觉,并亲自为作品插图。他的动物文学名著有《我所熟悉的野生动物》《灰熊的一生》《捕兽人生活纪事》《动物英雄》和《银狐的一生》等等。常常被选给孩子阅读的《狼王波洛》《野马飞毛腿》《鸽子阿诺》《春田狐》《霹雳虎》等均选自《我所熟悉的野生动物》和《动物英雄》两个集子。

西顿总是怀着炽热的和至亲至爱的情感来描写动物,作品很能打动人心。作为一个人道主义作家,他对鸽子阿诺所建立的功勋的赞美溢于言表,而对它的命运充满了忧虑,阿诺会不会重演它哥哥的悲剧呢?这就要看整个社会的文明程度了。人类应该爱护生养他们的大自然以及同为大自然之子的动植物。西顿在这则关于阿诺的故事中介绍了一些鸽子的知识,这是西顿动物文学的一大特色,也是人们爱读他的作品的原因之一。

【美国】辛格

山羊兹拉特

往年光明节，从村里到镇上的路总是冰雪覆盖。但是这年冬天天气很暖和，光明节快要到了，还没有下过雪。大部分时间天气晴朗，农民们担心，由于干旱，冬粮收成准不会好。嫩草一露头，农民们就把牲畜赶到牧场去了。

对皮货商鲁文来说，这年更是个坏年头。他犹豫了好久，终于决定卖掉山羊兹拉特。这只山羊已经老了，挤不出多少奶了。镇上的屠夫费夫尔愿出8个银币买下这只山羊。用这笔钱可以买光明节点的蜡烛、过节用的土豆和做薄煎饼用的油，还可以给孩子们买些礼物，给家里添些过节用的其他必需品。鲁文叫他的大儿子阿隆把山羊赶到镇上交给屠夫费夫尔。

阿隆知道把山羊交给屠夫费夫尔准没好事，但是他又不敢违抗父命。阿隆的母亲听说要卖掉山羊，伤心地哭了。阿隆的妹妹安娜和密丽安也放声大哭。阿隆穿上棉夹克，戴上有耳套的帽子，在山羊兹拉特的脖子上拴了根绳子，带上两片涂着乳酪的面包准备路上吃。家里人要阿隆送完羊晚上就在屠夫家过夜，第二天把钱带回家。

家里人和山羊依依不舍地告别。阿隆在羊脖子上拴绳子时，山羊像往常一样，温顺地站在那里。山羊舔着鲁文的手，摇着它那小小的白胡子。兹拉特一向信任人类，它知道，人们总是喂它东西吃，从来没有伤害过它。

阿隆把羊赶上通往镇子的大道时，山羊似乎有点惊奇，因为以前从来没有朝那个方向走过。山羊回过头来诧异地瞧着阿隆，好像在问："你要把我赶到哪里去呀？"但是过了一会儿，山羊又好像自言自语地说:“山羊是不应当提出疑问的。”可是,路毕竟不是往日所熟悉的路。他们通过陌生的田野、牧场和茅舍。不时有狗叫着追赶他们,阿隆用棍子将狗赶跑。

阿隆离开村子时还出着太阳,可是突然间天气变了。东边天空出现了一大片乌云,那云微带蓝色。乌云迅速布满天空,一阵冷风随之而起。乌鸦飞得很低,哑哑地叫着。起初,看样子像是要下雨,但是实际上像夏天那样下起冰雹来。虽然当时是上午,但是天昏地暗,好像黄昏一样。过了一会儿,冰雹又转为大雪。

阿隆已经12岁了,经历过各种天气,但是他从来没有看到过这样大的雪。大雪纷飞,遮天蔽日,顿时一片昏暗,不一会儿就分辨不清哪儿是道路哪儿是田野了,寒风刺骨。通向镇上的路本来就很狭窄,又弯弯曲曲,阿隆找不着路了。风雪交加,使他分不清东西南北。寒气逼人,冷风透过棉夹克直往里钻。

起初,兹拉特好像并不在意天气的变化。山羊也12岁了,知道冬天意味着什么。但是当它的腿越来越深地陷进雪里时,它便不时转过头来茫然地瞧着阿隆。它那温和的眼神似乎在问:“这么大的暴风雪我们出来干什么呢?”阿隆希望能够遇见一位赶车的,可是根本没有人打那里经过。

雪越积越厚,大片大片的雪花打着转儿落到地面上。阿隆感到靴子触到了雪下刚犁过的松软土地。他意识到他已离开大路了,他迷失了方向,分不清哪里是东,哪里是西,弄不清哪边是村子,哪边是镇子。冷风呼啸着,怒吼着,卷起雪堆在地上盘旋,犹如一个个白色小魔鬼在田野上玩捉人游戏。一股股白色粉末被风从地上掀起。兹拉特停住不动了,它再也走不动了。它倔强地站在那儿,蹄子好像固定在土地里,咩咩地叫着,好像在恳求阿隆把它赶回家似的。冰柱挂在山羊的白胡子上,羊角上结了一层白霜,发出亮光。

阿隆不愿承认他已陷入危难之中,但是他知道,如果找不到地方躲避一下风雪,他和山羊都会冻死。这场风雪与往日的不同,是一场罕见的特大暴风雪。雪已没过了双膝,手冻僵了,脚也冻麻木了。他呼吸困难,风雪呛得他喘不过气来。他感到鼻子冻得发木,他抓了一把雪揉搓了一下鼻子。兹拉特的咩咩叫声听起来好像是在哭泣,它如此信赖的人类竟把它带到了绝境。阿隆开始乞求上帝保佑自己和这只无辜的山羊。

突然,他看到了什么,好像是座小山包。他纳闷:那到底是什么东西。谁能把雪堆成这样的山包呢?他拖着兹拉特,想走过去看个究竟。走近一看,他才认出那山包似的雪堆原来是个大草垛,已经完全被积雪覆盖了。

阿隆这时才松了一口气:他们有救了。他费了好大劲在积雪中挖出一条通道。他是在乡村长大的,知道该怎么办。他摸到干草以后,替自己和山羊掏出一个藏身的草窠来。不管外边多么冷,干草垛里总是很暖和的,而且干草正是兹拉特爱吃的。山羊一闻到干草的气味,立即心满意足地吃起来。草垛外面,雪继续下着。大雪很快重新覆盖了阿隆挖出的那条通道。阿隆和山羊需要呼吸,而他们的栖身之地几乎没有一点空气。阿隆透过干草和积雪钻了个“窗户”,并小心地使这个通气道保持畅通。

兹拉特吃饱之后,坐在后腿上,好像又恢复了对人类的信赖。阿隆吃了他带的两片面包和奶酪,但是一路上艰苦奔波,他还是感到饿。他瞧了瞧山羊兹拉特,发现山羊的双乳鼓鼓的。他躺在山羊旁边,尽量舒服些,以便他挤出羊奶时,奶汁能够喷到他嘴里。山羊的奶又浓又甜。山羊不习惯人们这样挤奶,但它没有动。看来它急切地想要报答阿隆,感谢阿隆把它带到这个可以躲避风雪的地方,这个避难所的墙壁、地板和天花板都是它的美餐。

透过“窗户”，阿隆可以瞥见外边的灾难景象：风把一股股的雪卷起来；到处一片漆黑，他弄不清是到了夜晚呢，还是由于暴风雪才这样天昏地暗。谢天谢地，干草垛里不冷。兹拉特不停地嚼着干草，时而吃上面的草，时而吃下面的草，时而吃左边的草，时而吃右边的草。山羊的身体散发着热气，阿隆紧紧地依偎着山羊。他一向喜欢兹拉特，现在山羊简直像他的姐妹一样。他思念家里人，感到很寂寞，想说话来解解闷儿。他开始对山羊说话：

“兹拉特，你对我们遇到的这场灾难，有什么看法呢？”他问道。

“咩——”兹拉特回答说。

“如果我们找不到这个干草垛，咱们俩现在早冻僵了。”阿隆说。

“咩——”山羊回答说。

“如果雪这样不停地下，我们就得在这里待好些天。”阿隆解释说。

“咩——”兹拉特叫道。

“你这‘咩’‘咩’是什么意思呢？”阿隆问道，“你最好说个清楚。”

“咩——咩。”兹拉特想要说清楚。

“好吧，那你就‘咩’吧，”阿隆耐心地说，“你不会说话，但我知道你懂了。我需要你，你也需要我，对吗？”

“咩——”

阿隆瞌睡来了。他用草编成一个枕头，枕在上面，打起盹来。兹拉特也睡着了。

阿隆一觉醒来，睁开眼睛，弄不清是早晨还是夜里。积雪又封住了“窗户”。他想把雪清除掉，但是当他把整个手臂伸直时，仍然没有够到外边。幸好，他带着一根棍子，他用棍子朝外捅出去，这才捅透积雪。外边仍然一片漆黑。雪还在下，风还在呼啸，先是听到一种声音，然后是许多声音。有时风声像鬼笑一般。兹拉特也醒了，阿隆向它打招呼，山羊仍以“咩”回答。是啊，兹拉特的语言虽然只有一个字，但却代表着许多意思。山羊现在好像在说：“我们必须接受上帝赐给我们的一切——温暖、寒冷、饥饿、满足、光明、黑暗。”

阿隆醒来时感到很饿。他带的食物都已经吃光了，但是兹拉特有的是奶汁。

阿隆和兹拉特在干草垛里待了三天三夜。阿隆一向喜欢兹拉特，但是在这三天里，他更感到离不开兹拉特了。兹拉特供给他奶汁，温暖他的身体。山羊的耐心使他感到安慰。他给山羊讲了许多故事，山羊总是竖起耳朵听着。他爱抚地拍拍山羊，山羊便舔他的手和脸。山羊“咩”一声，他知道这声音的意思是说：我也喜欢你。

雪接连下了三天，虽然后两天大雪减弱了，风也缓和了。有时候，阿隆感到好像从来没有过夏天，雪好像没完没了，总是下个不停，从他能够记事起一直就是这样。他——阿隆——好像从来没有离开过父母姐妹。他是雪的孩子，生长在雪中，兹拉特也是这样。干草垛里安静极了，他的耳朵在寂静中嗡嗡作响。阿隆和兹拉特不光晚上睡，白天大半时间也在睡。阿隆做的全是天气转暖的梦。他梦见绿油油的田野，鲜花盛开的树木，清澈的溪流，啾啾歌唱的小鸟。第三天晚上，雪停了，但是阿隆不敢摸黑去寻找回家的路。天放晴了，月亮升起来了，银色的月光洒在雪地上。阿隆挖了一条通道走出了草垛，向四周张望。到处白茫茫的，静悄悄的，一片极美好的梦境。星星又大又密。月亮在天空游泳，就像在海里游泳一样。

第四天早晨，阿隆听到了雪橇的铃声。看来草垛离大路不远。驾雪橇的农民给阿隆指了路，但指的不是通向镇上找屠夫费夫尔的路，而是回村子的路。阿隆在草垛里已拿定了主意：再也不和兹拉特分开了。

阿隆家里的人以及左邻右舍在暴风雪里找过阿隆和山羊，但是毫无结果。他们担心阿隆和山羊完了。阿隆的母亲和妹妹悲伤哭泣;他父亲沉默不语,闷闷不乐。突然,一位邻人跑来报告他们一个好消息:阿隆和兹拉特回来了,正朝家走呢。

全家一片欢乐。阿隆向家里人讲述了他怎么找到草垛、兹拉特如何供他奶喝。阿隆的妹妹们又是亲兹拉特,又是拥抱兹拉特,还用剁碎的胡萝卜和土豆皮款待兹拉特,兹拉特狼吞虎咽,美餐一顿。

从那以后,再没有人提起要卖兹拉特了。寒冷的天气终于来临了,村民们又需要鲁文为他们做皮活了。光明节到来时,阿隆的母亲每晚都做薄煎饼,兹拉特也得到一份。尽管兹拉特有自己的羊圈,但是它常来厨房,用犄角敲门,表示想来拜访,人们总是放它进去。晚上,阿隆、密丽安和安娜玩陀螺,山羊坐在炉旁,或瞧孩子们玩,或对着光明节蜡烛的火苗出神。

阿隆有时问山羊:"兹拉特,你还记得我们一块度过的那三天三夜吗?"

兹拉特便用犄角搔搔脖子,摇晃着白胡子,"咩"一声,这个单纯的声音表达了山羊兹拉特全部的思想、全部的爱。

(刘兴安 张镜译)

导读

辛格(1904—1991),美国犹太族作家,生于波兰,1935 年起定居美国,此后一直为纽约《犹太每日前进报》撰稿。他的儿童文学作品多半也在该报上发表,其中许多是根据他在童年时代听到的民间故事创作的。辛格用他的母语意第绪语进行创作,然后在出版前将书译成英文。意第绪语现在大约只有 400 万人使用,其渊源可以追溯至中世纪,在犹太民族流落海外的漫漫时光中融合了好几种文化。这种语言经历了漫长的艰难历程，是一座储藏了童话、轶事、智慧、迷信和往昔数百年记忆的宝库。辛格就是用这样的语言来工作的，具有鲜明的民族特色，所以有评论家指出：任何译文，都不能完全表达出辛格的意第绪语原著中丰富的成语和活泼的句法。辛格的创作不但拯救和继承了古老的波兰犹太人的文化传统，而且丰富与发展了美国当代文学。自20世纪50年代以来，辛格多次获美国文艺方面的奖励，曾两次获国家图书奖。1978年获诺贝尔文学奖，这是对他继承与发展意第绪文学与美国文学双重传统的最高褒奖。

《山羊兹拉特》是他第一部故事集的书名。其他收集成册的有《狮子的奶汁》《可怕的酒店》《欢乐的一天》等。他所写的关于赫尔姆愚人城的系列故事，读来能让孩子们忍俊不禁，其中最著名的有《施莱密经商记》《赫尔姆的笨伯们和蠢鲤鱼》等。他所创作的智人系列故事能启迪孩子的智慧和机敏。他的自传性故事《快乐的一天》等具有格外真实的品格。辛格的儿童文学作品题材广泛，想象丰富，结构紧凑，情节生动，语言幽默，文笔精练，主题严肃而又寓藏着哲理意味。

短篇故事《山羊兹拉特》是作者的代表作之一，其中所塑造的山羊形象感人肺腑。美国和捷克等国家都将其搬上了银幕。人们为年老的山羊兹拉特的命运担忧，正像阿隆全家一样深爱着这充满灵性的动物。一场突如其来的暴风雪改变了山羊的命运，皆大欢喜的结局虽说是反映了人们的意愿，但这场暴风雪谁又说它不是天意呢？瑞典学院常任秘书拉尔斯·吉伦斯坦在为辛格获诺贝尔文学奖所致的《颁奖辞》中称誉辛格“是一位炉火纯青的故事叙说家”，读者从这则动物故事中就可以有一个具体的认识，不得不钦佩作者娓娓道来、绘声绘色又扣人心弦的故事叙说艺术。

【乌拉圭】基罗加

鳄鱼的报应

本来我有两条猎狗，可是都死了。一条是在上星期同十字蝰蛇的一场恶战中死的；另一条是在昨天下午被一条巨大的鳄鱼吞没了。

我的狗又干又瘦，身上布满伤疤。也许要你们出五分钱买，你们也不会干的，可是，我多么怀念我的狗啊！这两条可怜的狗，不像警察局里那些狗，平庸乏味，毛茸茸的，又贪吃又贪玩；也不像那些牧羊狗，头部的毛从中间向两边分开，皮毛的颜色和狮子一样。我的狗是山林狗，它们并不出生在名狗的家族，但作为猎狗，它们的勇猛、顽强是别的狗所不能比的。

动物捕猎的天性就是由于饥饿，狗也不例外。饿得越是厉害，嗅觉就越灵敏，追踪猎物就越顽强。一条吃得饱饱的、肥肥实实的狗，只喜欢趴在棕垫上睡觉，绝不会没日没夜地跟在一只老虎后面穷追猛跑。

如果说我没能给我失去了的第一条狗报仇，那是因为当时是在夜间，我们脚下又布满荆棘，道路难行。不过，我倒有幸报复了吞吃我第二条狗的那条鳄鱼。

事情是这样的：

昨天，太阳快落山时，我就在查科草原的贝尔梅霍河岸扎下了营。高高的天空上飞来一群白鹭，我望着它们，一面兴致勃勃地打着如意算盘：一枪打下它两三只来，把它们背上那长长的、洁白而又美丽的羽毛寄给你们。有钱人家里用它做装饰品，他们管它叫翎子。

令人失望的是，那些白鹭在离我帐篷一公里远的小湖上空降落下去。我拿起枪，带上我的猎狗，朝白鹭奔去。这些鸟一个挨一个紧紧聚在一起,天一黑就睡觉。我必须蹑手蹑脚接近它们,才能把它们置于我的射程之内。我弯下身子,牵着狗脖子上的项圈,慢慢地往前靠近。

在离湖大约八十米的地方,我的狗突然叫了一声,不知道是蛇咬了它,还是一种叫猫爪的像匕首一样尖利的草扎了它。这一叫可坏了事,受惊的白鹭呼扇着翅膀飞起来,我刚刚来得及把猎枪贴在脸上,就开了枪。

虽然离得远了一点,但还是有一只白鹭掉进湖里。我的狗一见,箭也似地飞奔而去。等我到了湖边,狗已朝那只白鹭游去。那白鹭只是受了伤,它掀动着两只翅膀,就像是用一块木板拍打着水面。

狗距离白鹭只有十米远了,眼看就要追上它了……就在这时,它猛然尖叫一声,沉到水里去了。

我的小朋友们,它沉下去了,好像有一股巨大的力量把它拖进了水里。湖面上只有一只仍然在敲打着水面的白鹭,而再远一点儿的地方,只有水在噗噗地冒着气泡,别的什么也没有。

究竟是怎么回事?是什么力量一瞬间就把我的狗吸进水里?

我仿佛傻了似的,眼睛盯在我那可怜的伙伴沉下去的地方,久久不肯离开。夜幕降临的时候,我突然看到平静的湖面上有三个一动不动的黑点。我轻轻地,不出一点声响地往枪里装了一颗子弹,向中间那个黑点射去。

啊!黑点跳起来了!湖面上掀起了波浪,水随着漩涡翻腾,涌向空中,那气势就好像有十个螺旋桨在水中旋转一样。原来,我射中的是一条巨大的鳄鱼!只见它尾巴在水里扑腾着,脑袋那边发出可怕的吼叫。

刚才看到的那三个小黑点,是鳄鱼的两只眼睛和鼻子尖。这只鳄鱼一定是在我的狗跳下湖之前就在那儿等候了。它把我的狗吃掉，然后又钻出水面寻找其他猎物……遗憾的是，我没打中它的要害。尽管它的半个脑袋被炸得血肉模糊。

我的小朋友们，我该怎么办呢？天已经黑了，可是为我那惨死的伙伴报仇的愿望仍然在我心头燃烧。我不能这样轻易地打死它，我要设个圈套抓住它。

我回到帐篷里找了一根绳子，一块前天晚上打死的蚁熊的肺，一段长长的铁丝，又回到湖边，把一根十五厘米长的短棍削尖了当鱼钩，拧上铁丝，接上绳子，再把熊肺绑在鱼钩上，“啪”的一声，把它扔进了水里。我把绳子的另一头系在一棵树上，就回帐篷里睡觉去了。

第二天天还没亮，我来到印第安人的营地。

“喂，朋友！”我用他们的方言对酋长说，“请借给我一匹马，用半天。”

酋长回答我说：“您用什么交换呢？”

“我给你十发子弹，一个手电筒和四张邮票。”（对印第安人来说一张邮票和我们的一幅画价值一样。）

他补充说：“一盒火柴。”

“好吧。”

他又补充说：“再加两毛钱。”

“就这么办，”我决定了，“都给你，把马牵过来吧……”

我骑着马飞快地奔向湖边。一切还和昨天晚上一样，铁丝仍然绑在树上但是漂在水面上的熊肺却不见了。我刚一拉绳子，绳子就向后拽。我不由得笑了，把绳子慢慢地系在马的肚带上。

于是，小朋友们，我骑马离开了湖岸，与此同时，鳄鱼在水里不住地晃动，绳子在水里拉过来，拽过去。

但是，当这个庞然大物终于露出它的那魔鬼一样的黑脑袋，把它的爪子钉在岸边的岩石上的时候，任凭马怎样使劲，也无法把这凶恶的野兽拖走！绳子绷得紧紧的，整整一分钟，马拼尽全力拉着，肚带越勒越紧，绳子绷得嗡嗡直响。

没办法，我松开缰绳，朝马肚子抽了两鞭子。马由于疼痛发怒了，爆发出巨大的拉力……向前了，一步，两步，再向前，魔鬼被战胜了！马飞快地奔跑起来，拖在后面的鳄鱼在荒野上颠簸起伏。这样跑了大约两公里我才下马。那鬼东西已经狼狈不堪，我向它的耳朵上打了一枪，结果了它。

现在鳄鱼皮已经铺展得平平整整，准备送给你们。我量了量，足有五米长。

（张辰译）

导读

基罗加（1878—1937）是乌拉圭最著名的作家，被誉为“拉丁美洲短篇小说大师”。1902 年因枪支走火，无意中打死好友而离开乌拉圭，移居阿根廷，因而对于他的国籍又有“阿根廷”一说。后来他参加了由阿根廷著名作家卢贡内斯（1874—1938）带领的原始林莽考察队去北部谷地，担任摄影师。他在林莽中生活了四年，这段经历为他以后的创作积累了极其宝贵的素材。他有精彩的短篇小说集多种，而受儿童文学界赞誉的主要是童话故事集《林莽故事》和《阿纳孔达》。前者包括《瞎鹿》等八篇童话，后者写无毒蛇和毒蛇之间的殊死争斗，都富有很强的艺术感染力。

《鳄鱼的报应》是一则狩猎故事，对失去心爱的狗而产生了复仇心理是一种天性，因而对鳄鱼的捕杀也就合情合理。不过，值得提醒的是，基罗加所生活的时代是 19 世纪末与 20 世纪初，而且故事的发生地是以阿根廷的林莽为背景，也许彼时彼地的白鹭与鳄鱼十分平常而多见,不像今日只能在动物园中见到,因而,类似的狩猎行为在那时或许还是一种勇武与时尚。读者对故事中猎杀白鹭与鳄鱼的情节应该用历史的与发展的观念去理解。

生活故事

【中国】任大霖

无法道歉

这事儿发生在暑假里。那天返校，活动一结束，我急匆匆地赶回家去。这几天电台播讲长篇故事《西游记》，我得赶紧回去收听。

“鸡肫皮，甲鱼壳！”传过来一声吆喝，我家门口站着个收购鸡肫皮的人。他推着自行车，一边挂一串鸡肫皮，一边挂一只甲鱼壳，小弟紧挨着他，好奇地瞧着那“非”字形的甲鱼壳，两人不知道在说些什么。

“小弟，回来！别在门口痴头怪脑的。”我边进门边叫了声，可小弟却只是“嗯”了一下，没挪动身子。

一上楼，我就赶紧找我的半导体收音机。真糟糕，床上，桌上，柜上，抽屉里，到处都没有，时间已经到了，急得我直嚷：“奶奶，快来啊！”

奶奶正戴着老花眼镜，在床上钉被。被我一嚷，吓得针也掉了。她捂住耳朵说：“别这么嚷，军军，你知道奶奶耳朵过敏，声音响了什么也听不见。”

我只好压低声音说：“奶奶，我的小收音机没了。”

奶奶想了想说：“刚才，好像小弟在拿着玩。你好好问他，别唬他……”

没等她说完，我就冲到窗口大吼一声：“小弟，快上来！”见他没动，又叫道，“吃西瓜了！”这一招挺有效，小弟迈着胖嘟嘟的小腿，急急地回来了。小弟一进门，我就拉住他的手厉声问：“我的收音机呢？快说，搁哪儿啦？”也许我手势重了点，小弟一个趔趄坐在地上，害怕地瞧着我，突然“哇”的一声哭了起来，嘴里含着的一粒糖掉了出来，两只沾满泥巴的小手还紧紧地攥着几粒糖。

奶奶过来把我推开，抱起小弟，给他擦去手上的泥巴："小弟，把哥哥的小收音机放哪儿啦？告诉奶奶，谁给你吃的糖？"

小弟只是用手擦着眼，什么也没说，还偷偷瞧我的脸，显然是干了什么"亏心事"。我急得跺着脚说："你倒是说呀，收音机呢？……哼，小馋鬼，准是拿收音机换糖吃啦，对吧？"

小弟的鼻子一抽一抽的，眼看着又要哭了。奶奶赶紧哄他："军军，别乱猜，小弟是乖孩子，不会那么糊涂。"

"还乖孩子呢，上次拿丹参片换糖吃的是谁！"那天，来了个小贩，专门收购药品，好多人把吃剩的消炎片、过期的青霉素都找出来，乱七八糟的，那人全要。小弟也赶热闹，把奶奶刚从医院配来的两瓶丹参片拿去，换来了五粒芝麻糖。等奶奶发觉，那小贩早走了。这收音机，我看也危险。好在那收购鸡肫皮的人还没走远，我得问他去。

追了好长一段路，没见踪影。只见退休工人郑伯伯臂上套着"执勤"红袖章，站在树荫下。我刚想问他，突然前面传来"鸡肫皮、甲鱼壳"的吆喝声，我急忙奔过去，果然，刚才那小贩慢吞吞地骑着车，在寻生意。这会儿又在树荫下歇了下来，从兜里拿出一只小收音机，放在耳边听着。我定睛细瞧，那收音机红白相间，小巧玲珑，正是我的那只！好呀，这一下"人赃俱获"，看你有什么好说的！我快步上前一把揪住他，喝道："走，到派出所去！"

小贩一怔，抬头瞧着我。这时我才看清，他不过比我大两三岁，还是个大孩子。圆黑的脸，白白的牙齿，右眼皮有个黑痣。真没想到，年纪这么轻就出来做生意。

他急忙把收音机放进兜里，摔开我的手，说："干什么，你想打架？"喔，好家伙，这人力气真大，差点把我推倒。我扑上去，嚷道："干什么，你心里明白，到派出所去！"

“不去，我没干坏事，不到派出所去！”看得出他心里有点害怕，做贼心虚嘛！

“不去就把收音机拿出来！”我掏他的兜。

“你抢劫！”他紧紧护住收音机，嘴巴颤动着。

“你诈骗！”我也气得眼泪快掉下来了。

“你是抢劫犯！”

“你是诈骗犯！”

两人正扭成一团，郑伯伯突然出现了，他把我们分开，劝解说：“别打架，有话好说。军军，是怎么回事？”

我喘着气，一五一十告诉了郑伯伯。小贩慌了，把收音机拿出来，叫屈地说：“老师傅，没有那回事，我看那小弟弟好玩，给了他几粒糖，可这收音机，是我自己买的！”

郑伯伯问：“有发票吗？”

“发票……早丢了。”他惊恐地说。

“我可有发票，在奶奶那儿！”我嚷道。

郑伯伯把收音机拿在手中，说：“你们各自说说吧，收音机有什么特征，我不袒护任何一方。”

我抢着说：“是快乐牌的，九元钱一只。”

他也说：“是九元钱买的，快乐牌。”

郑伯伯笑道：“这样不行，你们得分别告诉我，别让对方听到。”

我附着郑伯伯耳朵，悄声说：“里面装的五号电池，是白象牌的。还有，机壳下角有点缺损，是小弟摔的。”

郑伯伯让小贩说，他愣了半天，只说了句：“新的。”

“什么牌的电池？”

“这……没留意，反正是小号的。”他吞吞吐吐地说。

郑伯伯打开底盖，看了电池，是白象牌的；又摸摸机壳，是有点缺损。郑伯伯的脸变得严肃了，对小贩说："这事儿对你挺不利，军军说的几个特征全对头，你却什么也说不出。看来只好到派出所去一趟了！"

"走！"我抓住他的脚踏车，推着就去。

小贩哭丧着脸说："我不去派出所，不去！"郑伯伯似乎有点可怜他："不去也行，可收音机怎么办？"

小贩使劲挠着自己的头发，突然，他扑过来把脚踏车一拉，我一个趔趄，他已骑上了车，声音哽咽地说："拿去吧，把收音机拿去吧，算我倒霉好了……"他呜咽了一声，眼里含着泪，脖子上青筋暴绽，回头瞪了我一眼，从呜咽声中挤出一句话，"你……你会后悔的！"

望着他远去的背影，我从郑伯伯手里接过收音机，心中充满了胜利的喜悦。当天我把这事儿写成了作文，题目是《我的胜利——暑假中的一件事》。这是我最得意的作文之一，我一共用了 17 个形容词，20 个惊叹号。

然而，我只得意了一个晚上，事情就发生了意想不到的变化。第二天上午，奶奶叫我给阳台上的那株日本月季换盆子，我在松土的时候，"咯"的一声，花铲碰上了一块硬东西，挖出来一看：红白相间，小巧玲珑，正是我的那只快乐牌收音机！我傻啦，一摸口袋，收音机不是好好地躺在里面，怎么花盆里又出来一只。我又忘了奶奶的耳朵过敏，大叫起来："奶奶，快来呀！"

奶奶丢下针线，过来一看，也傻了。我的惊叫把小弟也招来了，他往花盆里一瞧，手舞足蹈地唱着："是我种的收音机，拔呀拔呀拔出来！哎嘿嘿……"天哪，他把收音机当作萝卜来种了，还"哎嘿嘿"地挺得意呢！我都差点气炸了，怪不得昨天他满手是泥，"你把收音机藏在这里，昨天问你，为什么不说？啊？"

小弟看我的脸色不对，马上躲到奶奶身后，露出半个脑袋瞧着我。哼，他不但是小馋鬼，还是小笨蛋，如果不是我表弟而是亲弟弟的话，我非揍他屁股不可！

奶奶叹着气说："唉，世界上就有这样的事，你看上去是这样，它实际上却是那样。现在真相大白了，可是冤屈了那小贩，怎么好！"奶奶挺不安，手指被针扎了好几下。

我心里像猫抓似的难受。"你……你会后悔的！"我想起了那一张愤怒而悲伤的脸，意识到自己扮演了一个蛮不讲理的角色……我立刻骑了车，到附近几个新村去兜了一转，问了好多人，都没有发现他的踪迹。

我每天竖起耳朵，注意"监听"小贩们的吆喝声："豆腐！""甜酒酿！""磨菜刀！""赤豆棒冰！""爆米花！"……独独没有听到那怯生生的、清脆而有点变音的"鸡肫皮、甲鱼壳"。

一晃眼暑假结束了。一天在放学的路上，我碰到一个收购鸡肫皮的满脸皱纹的老汉。我向他打听那个少年小贩的下落。老汉摇头说，干这一行的人他见到过不少，却从没那么年轻的。我告诉他少年的特征，老汉才恍然地说，"喔，是那个眼皮上有黑痣的半大孩子么，见过见过。他不是小贩，是小贩的孩子。你找他干吗？"

我红着脸把事情经过说了一遍，问他能不能把收音机给捎去。老汉摇着头说："办不到，那孩子早就回浙江乡下去了，又不知道地址。只知道他叫阿根，在乡下念书。他爸爸在上海做小贩，前一阵生了病。阿根是趁暑假到上海来看望爸爸的，是个老实巴交的孩子，胆子也小。暑假没结束就跟爸爸一起回乡下去了。"

我感到无限失望。抚摸着那个收音机，想到在这个世界上有一个被我伤害的人在怨恨着我，而我无法向他道歉，这是多么令人难受啊！

"鸡肫皮、甲鱼壳！"远处，又响起了苍老而颤抖的吆喝，余音在新村上空久久回荡。我迈着沉重的脚步，慢慢地向家里走去……

导读

儿童生活故事所讲述的是儿童日常生活中发生在儿童身上的故事。这些故事与儿童生活密切相关,并且充满着故事性。与儿童有限的生活能力相一致,这类故事的情节一般都比较单纯,但单纯并不是没有悬念和曲折,像这则生活故事,作者正是通过情节的奇巧,造成了可读性很强的故事性。首先利用题材内容上的巧合因素,安排出一系列假想性情节,煞有介事地制造了一种让人信以为真的氛围:小弟手中有糖,又有过用丹参片换糖的"前科";小贩的收音机与军军的完全一样,而小贩又说不出那收音机有何特征。至此,读者也会相信是小弟拿收音机与小贩换糖了。而事实呢?正像奶奶感叹的:"世界上就有这样的事,你看上去是这样,它实际上却是那样。"原来弟弟把收音机当萝卜"种"在花盆里了,真相大白,而事情却远没有结束,军军为弥补自己无意中铸成的大错,到处寻访小贩,没想到却永远没有了道歉的机会。故事结尾不落俗套,无法挽回的遗憾引人思考,军军的形象也在情节的大起大落中凸显出来,有血有肉,真实感人。

【俄国】列夫·托尔斯泰

李子核

有一天，妈妈买回了许多李子，她想吃过午饭后再分给孩子们吃。这些李子都放在盘子里。万尼亚从来还没有吃过李子哩，所以他总是把这些李子拿起来闻闻。他非常喜爱李子，很想吃。他老是围着李子转来转去。当房间里没有人的时候，他实在有些忍耐不住了，就抓上一个吃了。吃饭前，妈妈点了一下李子的数目，发现少了一个，就把这件事告诉了爸爸。

吃饭时，爸爸说："喂，孩子们，你们哪一个吃了李子吗？"大伙儿答道："没有。"万尼亚的脸红得像龙虾，他也说："没有，我没有吃。"

爸爸说道："你们要是谁吃了李子，这可很不好，不是怕你们吃，怕的是李子里面有核，要是哪一个不会吃，把核也吞下去了，那他过一天就会死的。我怕的是这个。"

万尼亚一听，吓得脸色发白，说道："不，我把核吐到窗子外面去啦。"

大家一听，哈哈大笑，而万尼亚却哭起来了。

（韦苇译）

导读

列夫·托尔斯泰（1828—1910），俄国最著名的现实主义大师，对俄国现实主义文学发展，包括儿童文学的发展，产生了巨大影响。列夫·托尔斯泰的早期作品，他的自传体小说《童年》《少年》《青年》三部曲和《塞瓦斯托波尔故事》，都成了少儿文学读物。列夫·托尔斯泰一共为孩子写了629篇各种形式、各种体裁、各种内容的作品，其间有童话、生活故事、速写、寓言等。《李子核》是一则生活故事，虽然全篇只有300来字，却组织得巧妙集中，富有喜剧效果，尤其是男孩万尼亚的心理状态始终处于复杂的变化之中：先是抑制不住李子对他的诱惑，继而是为撒谎而羞愧，接着是惊恐万分而形于色，最后为自己的不诚实行为而感到痛悔，活脱脱地写出了一个令人发笑但也很可爱的顽童形象。

【苏联】盖达尔

良　知

尼娜没有做好家庭作业。她拿定了一个逃学的主意。

要是人家都在工作、在上学，就她提着书包在街上闲逛，别人一眼就能看出她是在逃学的。为了不让熟人发现她逃学，她悄悄拐进了小树林。

她把书包和点心放在一棵小树下，就跑去逮蝴蝶玩了。跑着跑着，忽然撞上了一个小男孩。那小男孩不住用善意和信任的目光打量着她。

由于那小家伙的手里捏着一本识字课本，和从课本里露出来的一本皱巴巴的练习本，尼娜一下就猜到这小东西是怎么回事了，她想好要嘲笑他几句。

“倒霉的小逃学？”她一本正经地说，“这么小不点点，就学着欺骗父母和学校了？”

“没有！我没有欺骗！”小家伙惊异地回答尼娜说，“我赶着去上学呢。不料我走过林子的时候，遇上一条大狗。它汪汪汪地对我直叫唤，我一逃，就找不到上学的路了。”

尼娜心里怪难受。但这个小东西看着是这样好玩，心肠是这样好，不由得她不动心，于是她拉上小家伙的手，把他领出了林子。

尼娜的书包和点心，就这样被留在了小树下，因为她不好意思当着小家伙的面，把那两样东西捡起来。那样，小家伙会一下就猜到，他们两人哪个才是真逃学。

他们走开后，从枝叶间跳出一条狗来，它没去碰书本，可几口就把点心给吞吃了。

尼娜把小家伙领出林子后，又回到林子里来，她一屁股坐下，哭开了。她不是舍不得她的点心被狗吃了。啊！偏偏是，这时候她头上的林鸟这样欢，乐悠悠地唱得那么动听。她的心情反显得格外的沉重，她的心被毫不留情的良知一口一口啃咬着。

（韦苇译）

导读

盖达尔(1904—1941)，苏联时期儿童文学的奠基人之一，他以他短暂却光彩照人的一生，实现了他的笔名“盖达尔”所寄寓的“勇往直前的骑手”之意。他为保卫他的祖国献出了年仅37岁的生命。他留给世界儿童的一大笔文学遗产，成为儿童文学的宝贵财富。主要代表性作品有《革命军事委员会》《学校》《远方》《鼓手的命运》《丘克和盖克》《铁木儿和他的伙伴》以及《一块烫石头》等。盖达尔几乎所有的作品都被拍成了电影。为表彰他为培养新一代苏维埃人、为发展苏联儿童文学所做出的巨大贡献，1942年，苏联列宁主义共青团把奖金追授给了盖达尔。

对于盖达尔的创作，著名儿童文学作家米哈尔科夫曾在一篇序文中说过：“盖达尔用他的中篇小说和短篇故事帮助过孩子们成长、壮大，帮助过他们成为真正的人。不，不只是帮助过，现在也还在帮助着。不是吗？今天的孩子们想必都这样觉得，似乎盖达尔的作品并不是许多年前写成的，而是就在今天刚刚出自作家的笔下。这就说明，它们是一位杰出作家写就的，他不但熟悉他生活的那个时代的孩子们，而且预知10年、20年、30年后的孩子们是什么样的。再过50年，孩子们准还会被盖达尔的作品所迷恋。”凡读过这则短小的儿童生活故事《良知》的人，都会对米哈尔科夫这段精辟评述有了更具体的认识。《良知》写的是尼娜在一次逃学中发生的戏剧性奇遇。短短几百字，却把尼娜的良知受到责备的情感过程写得一波三折，把生活的戏剧性真实成功地做了文学的表现。其中被误解的小家伙通过自己短短的申言被写得十分可爱。故事昭示了这样一个艺术真谛：质朴短小一样可以把人物写得真实生动，把故事写得山重水复，有味耐读。这则经典故事长期被作为课文，哺育着一代又一代儿童成长。

【苏联】奥谢叶娃

三个伙伴

魏佳把点心丢了。上午休息的时候，班上的同学都去吃点心了，只有魏佳站在一旁。

郭良问他："你怎么不吃呢？"

"我把点心丢了……"

"真糟糕！"郭良一边吃面包一边说，"到吃午饭还有好长时间呢！"

米沙问："你把点心丢在哪儿了？"

"我不知道。"魏佳小声地说，把脸转了过去。

米沙说："你大概是放在口袋里，不小心丢的。下次得放在书包里。"

可是伏洛佳什么也没有问。他走到魏佳跟前，把一块抹着奶油的面包掰成两半，拉着魏佳的手说："给你吃吧！"

（杨东升译）

导读

奥谢叶娃（1902—1969），乌克兰基辅人，苏联时期儿童文学作家。出生于教师家庭，自己也从事教师工作。1937 年发表了处女作《格里什卡》，讲述了在保育院受教育的孤儿故事。1940 年出版第一部故事集《棕黄色的猫》，开始受到人们关注。1944 年出版短篇小说集《有魔力的话》，引起较大反响。1947 年至 1952 年，创作了描写苏联卫国战争时期的少年英勇三部曲《瓦肖克・特鲁巴乔夫和他的朋友们》，达到了她创作的巅峰，获得了斯大林文学奖。

奥谢叶娃写的儿童生活故事，立意新颖，构思巧妙，情节单纯，篇幅简短，语言简洁，特色鲜明。代表作《三个伙伴》写小学生魏佳带的早点丢了，在课间休息时，他的三个同学知道后，他们不同的态度和做法，构成了鲜明对比。说得再多，不如去做。作品中虽然没有直接点明主题，但是小读者心里都有自己的答案。

【英国】伊尼德

彼得的新自行车

彼得真想要一辆自行车。他下决心，要连着好几个星期做一个好孩子。他想：这么做，妈妈就会给他买一辆自行车的。

彼得努力做了四个星期的好孩子。可是妈妈好像什么也不知道。他实在忍不住了，就问妈妈："我可以得到一辆自行车吗？"

"一辆自行车？为什么？"妈妈吃了一惊。

"你没看见吗？我已经做了四个星期的好孩子啦！"

"噢，我没注意呀！"妈妈还想说什么，只见彼得脸涨得通红，一扭头，生气了。其实，在妈妈眼里，彼得一直是个好孩子。

彼得跑出门外，气呼呼的。他想：哼！我对谁也不讲礼貌！对谁也不笑！要让人讨厌，看看谁还能不注意我。

彼得皱着眉头，板着脸穿过村子，见了谁也不问好。有位老奶奶，平时很喜欢彼得，彼得也很尊敬她。这回彼得见了她，故意转过身子，假装在看警察局的告示。

这告示写的是有家人家的东西给偷走了。还写了偷走的是些什么东西，谁发现了这些东西，要立刻报告警察局。

"我要是能找出来就带劲了！"彼得心里说，"我一定要仔细看看树丛，是不是藏着那些东西"。

彼得还是往前走。他看见一只小羊的腿被绳子绊住了，在平时，他一定会奔过去给它解开来。现在可好，小羊疼得"咩咩"叫，他也不管，只管看着树丛。树丛里只有几片叶子。

彼得来到了一块场地上，一个小女孩把球扔到他面前，请他再把球扔回去。彼得刚想捡球，忽然想起早晨的事，他赶紧站直身子，只装着没听见小姑娘的话，他再也不愿做没人注意的好孩子了。

忽然，彼得听到有人在哭。原来是叫白姆的小女孩在哭。他们还是邻居呢。白姆哭得很伤心，看见彼得，就朝他跑来。

“彼得哥哥，帮我一把吧。我的大布娃娃掉到那个大洞里去了。我，拿不上来。”

彼得很想帮助白姆，可是今天他已经做出了决定。“不能，我不能！”他皱着眉头说。

“帮帮我吧。布娃娃一个人在大洞里会害怕的。”

是啊！白姆多伤心啊！布娃娃多可怜呢！让白姆一个人爬下去，会跌断腿的。彼得再也忍不住了。对了，我一定要帮助白姆，就是得不到自行车也不要紧。

彼得跟着白姆来到洞前，洞很深，洞壁上长满滑溜溜的青苔。为了帮助白姆，彼得勇敢地爬下去了。爬着爬着，他看到了布娃娃的蓝衣服。又爬了几步，彼得抓住布娃娃的衣服。他刚要爬出洞时，发现不远的地方有个布袋子，彼得赶紧爬过去，打开一看，里面装的都是布告上写的东西——彼得高兴得喊起来：“太好了，白姆！我发现小偷的东西了！”

彼得赶紧爬出洞，和白姆一起去报告警察局。他们又领着警察，找到那个洞，取出了那个布袋子。

这些东西都还给了那户人家。他们来到彼得家里，一定要给彼得一些东西，表示感谢。妈妈没办法，只好说：“彼得很想有一辆自行车。”

这天下午，彼得放学回家，看见院子里停着一辆崭新的、漂亮的自行车。

彼得真高兴，拉着妈妈说：“我要让白姆先骑。要不是她的布娃娃掉进了洞里，我怎么也不会发现那个布袋的。”彼得推着自行车出门去了。他为这崭新的自行车感到自豪。他这时才知道，帮助别人是最快活的。

（马丽译）

导读

作者情况不详。这则故事被译介过来，不仅仅是因为它有一个哲理性的主题：帮助别人是最快活的；而且因为对彼得心理活动的真实摹写，让你叫绝。彼得是位可爱又顽皮的孩子，他希望能以自己的表现好来赢得一辆自行车，可妈妈好像什么也不知道，无可奈何的彼得说出了自己的心思，却是“脸涨得通红”。他渴望有人注意，引人注目，爱表现的小彼得生气了，用他自己的方式发脾气：“对谁也不讲礼貌！对谁也不笑！要让人讨厌……”他这么想着并试着这样去做，可这对一位有着美好心灵的孩子来说，真是太难啦！彼得的心里因此很不是滋味。最后终于忍不住了，自毁诺言，帮助白姆小姑娘取布娃娃，没想到却意外地发现了小偷的赃物。当他自己出乎意料地如愿以偿时，他首先想到的是白姆小姑娘。在得失之间的矛盾冲突中，作者将彼得那颗天真美好的童心展现得淋漓尽致。

【匈牙利】约·莫尔

九个中间挑选哪一个呢?

——一个圣诞节的故事

佩斯城里有个鞋匠师傅,名叫亚诺什,他很穷,日子过得紧巴巴的。

亚诺什师傅之所以受穷,倒不是因为城里的居民相互商量不再穿靴子,政府官员也没有逼迫他把靴子减价出售。事实是,鞋匠亚诺什师傅手艺超群,他做的靴子穿多久也坏不了,对这一点顾客十分赞赏。因此,亚诺什师傅的店铺总是顾客盈门,应接不暇,而且顾客们付的都是现款,没有一个是赊账的。即使如此,亚诺什师傅还是觉得日子过得顶艰难,似乎在这个世界上没有他的立足之地。有时候,亚诺什师傅竟然想到自杀,以便一死了之。其实,他这只不过是嘴上说说罢了,因为一个好的基督徒是不会自杀的,日子再不好过也得熬去嘛! 而亚诺什师傅正好是一个十分虔诚的基督徒。

鞋匠师傅亚诺什没能变得富裕起来,其主要原因是上帝通过另一条途径给他祝福,说得具体一点,就是上帝每年都赐给他一个孩子,其中有男孩,也有女孩,而且一个个都无灾无难,长得健康、天真、活泼。

"我的上帝啊!"亚诺什师傅在他们的第六、第七、第八个孩子一个接着一个来到这个世界上,眼看家里人口剧增时,叹口气说:"这要到什么时候才算有个完呀!"当然直到他老婆生下第九个孩子不久死去之后,事情才算有个结尾。

从那以后,亚诺什师傅就得独自一个人同九个孩子在一起,相依为命,活在这个世界上。要知道,这是多么不容易呀。

几个大孩子到了上学年龄,也上学去了,但还有两个小的刚刚学着走路，其中那个最小的孩子还得要人抱着哩。总之，亚诺什师傅既要给这个孩子喂饭，又要给那个孩子穿衣服，还得替另一个孩子洗脸。一个个孩子都得养活呀。这件事可不轻松，尤其是对一个男人来说，更加艰难，谁要是不信，就亲自体验体验吧。

譬如说，给孩子做鞋子，亚诺什师傅就得做九双；每次分面包也得分九份；铺床吧，就得把床从房门口一直铺到窗户下面，躺在床上的全都是金发小脑袋。

“唉，我的上帝，你赐给我的都是些什么呀！”已经到午夜了，亚诺什师傅还得坐在凳子上干他的手艺活，要知道，他得设法养活这许多孩子呀。就在他哄孩子入睡时，他叹着气说：“总共九个，一个也不少。这没有什么好抱怨上帝的。瞧他们个个活蹦乱跳、健康、活泼。更难得的是，个个都有一个好胃口。话又说回来了，把面包分成九份，这总比其中一个孩子吃药要好；房间里摆上九张床，这比在房间里摆具棺材要强。上帝保佑，别让当父母的遭受这种灾难。要是非得要失去一个，也得让其他八个留下来呀。”

然而，亚诺什师傅的九个孩子毫无死亡的迹象。他们都要活着，不肯离开这个世界。这是上帝的安排。因此，无论下多大的雨雪，刮多厉害的风，于他们全无损害。有了硬面包吃，他们个个就都长得结结实实。

圣诞节晚上，亚诺什师傅因为出去办事，回家迟了。他拿回来一些做靴子用的皮子，身上还有刚刚够买些别的材料和维持家计的一点点钱。他急匆匆地往家走，一路上看见那些虔诚的女摊贩摆在街角的摊子，上面堆满了镀金镀银的圣母像，还有各种各样的玩具，数都数不过来。谁要是想买，这些女摊贩都要询问，是不是买给好孩子，因为他们认为，行为不端的孩子不该得到这些东西。亚诺什师傅在好几个摊位前转悠，考虑要不要买点什么东西，要不要给九个孩子都买。都买，他承担不起，可是，他总不能给这个孩子买而不给另外的孩子买呀！他绝不能这么做，要不然孩子会伤心的呀。不，不，他得送给他们别的礼物，这个礼物既好玩又好看，还摔不破打不烂，总之，人人喜欢，又不会相互抢夺。

“噢，一、二、三、四、五……你们全在这里啦，孩子们？”亚诺什师傅回到家，看到九个孩子，便问道，“孩子们，你们知道今天是什么日子吗？圣诞节，这可是个大日子，人人都该快乐的日子。今晚什么事也别干，让我们一起欢乐吧！”

孩子们听父亲这么一说，瞧他们那样子，别提有多高兴了，房间都差不多被他们闹腾得翻了个个儿。

“孩子们，都别嚷嚷啦！你们听着，今天晚上，我要教你们唱一首最好听的圣歌。我是故意等到今晚才教给你们的，因为，我想把它作为圣诞礼物送给你们。”

孩子们听了，个个欢天喜地，这个争着要坐到他的怀里，那个要搂他的脖颈，好像这样才能听清楚爸爸的歌喉似的，就这么你挤我拥，差点儿把他从凳子上掀倒了。

“孩子们，孩子们，别你推我搡哩！听我说，你们总该知道做事要有秩序吧！来，咱们来排个队，小个的站到前面来，大个的站到后面去。”

不大一会儿，亚诺什师傅就像调理教堂的管风琴似的，把孩子们的队伍整顿好了。两个最小的孩子，一个搂着他的膝盖，一个搂着他的手臂。

“好啦，好啦，孩子们，都别再嚷嚷啦！我先唱一句，你们就跟着唱一句，懂了吗？”

说完，亚诺什师傅从头上摘下帽子，神情严肃，摆出一副十分虔诚的模样，先清了清嗓子，然后开始唱起那首美好动听的圣歌：

噢，听呀，天使们的歌声嘹亮……

几个大的男女孩子跟着爸爸唱的节拍唱，用不着一会儿工夫就都会唱了。糟糕的是那几个小的，他们才不管什么节拍不节拍呢，放开喉咙一阵乱嚷嚷，而且老变调。最后，亚诺什师傅费了很大劲才算教会了他们。谁听到他们张着小嘴，齐声欢唱着美妙动听的圣歌，都会乐得合不拢嘴，真心诚意地表示高兴和欢迎的。在这圣诞之夜，天使们唱的就是这首歌；此时此刻，天使们为了满足这九个孩子的要求，随同孩子们的歌声，他们也在高声歌唱呢。

毫无疑问，天使们是最喜欢听孩子们的歌声的。

可是，对于住在楼上的那位房子的主人来说，孩子们的歌喉就是另一码事了，他一点也不喜欢孩子们的欢唱。

事情是这样的：亚诺什师傅住房的楼上住着一个男人。他孤身一人，却很富有，一个人独自住着九个房间。第一间是起居室，第二间是卧室，第三间是吸烟室，第四间是餐室，另外的五个房间，他竟然不知道该如何安排才好。

自然，这个男人既没有老婆，更没有孩子，不过，他是个富翁，有很多很多的钱。

就在那个圣诞节的晚上，这位富翁恰好独自坐在第八个房间里，他感到烦躁不安，因为他一直闹不清楚，这些天来，他为什么吃不甜，睡不安。难道说是食物不精，躺在弹簧床上不舒适？报纸上登的为什么都是些引不起他兴趣的消息？房间是如此的宽敞，他为什么还觉得胸闷，喘不过气来呢？他找不到答案。正在这时，从楼下亚诺什师傅和他九个孩子居住的那个房间传来了一阵阵歌声，欢快的歌声热情奔放，开始时声音轻轻的，过了一会儿，便愈来愈响亮了。

富翁心不在焉，他不想听，以为歌声不久就会消失。然而跟他的意愿相反，歌声一遍又一遍地唱个没完，等到他听到第十遍时，他实在按捺不住自己的焦虑心情了。他蓦地站起来，按灭手中的雪茄烟，顾不上换衣服，就穿着睡衣气恼地下楼走进鞋匠的房间。

富翁推开房门时，亚诺什师傅和他的九个孩子刚刚唱完圣歌的第一节。看到富有的老爷站在房门口，亚诺什师傅从做鞋用的凳子上站起身来，毕恭毕敬地迎候着。

“你是亚诺什师傅?”富人问。

“是的，我就是亚诺什鞋匠师傅。请问有何吩咐，先生？您是不是要定做一双漆皮鞋?”

“不，不，我不是为这事来找你的。我听说你有许多个孩子，是吗?”

“一点不错，我是有一大群孩子，先生。大的孩子和小的孩子，这么多张嘴都得靠我一个人养活。”

“不过这么多张嘴开口唱起歌来，歌声够响亮的啰。亚诺什师傅，好好听着，我决心帮你的忙，让你早日交上好运。这样吧，你把你的孩子给我一个，让他做我的养子，我供他上学念书，带他到国外旅行，培养他成为绅士，这么一来，他将来就有足够的钱帮助你其余的孩子哩。”

听完富翁的话，亚诺什师傅眼睛睁得老大，呆住了。把穷苦手艺人的一个儿子培养成一位绅士，这可不是闹着玩的呀！得好好考虑考虑。是的，亚诺什师傅会愿意送一个孩子给这位富翁的，要知道，这是一桩幸事呀。

“喂，挑一个给我吧，我这就把他领走。”

亚诺什师傅心里在思量，究竟挑哪一个呢：

“哎，不能让小山陀尔走，他功课好，长大了可以当牧师。老二是个女孩，这位先生不会要。弗伦茨是老三，他已经能做我的帮手了，我干活离不开他。再往下就是和我同名的小亚诺什，我怎么也不能让他去。还有小约耶，他长得太像他妈妈了，我见到他就想起他的妈妈来，所以，小约耶必须留在我身边。再往下去是个女孩，自然得排除在外。小巴利是他妈妈生前最疼爱的孩子，我不能把他送给一个陌生人，不然，我可怜的妻子躺在坟墓里也不会安稳的。至于这两个小的，这位先生当然也不会要，是吗？”

总之，亚诺什师傅把所有孩子的情况逐个儿仔细考虑了一遍，结果还是下不了决心挑出哪一个来，便又重新开始摆情况，不过这次是从最小的排起，愈摆情况，他愈发现孩子们个个都是那样地惹人喜爱，根本不知道该把哪一个挑出来送走。

“孩子们，还是你们自己来决定，好吗？谁要想离开这个家，去当绅士，坐大马车呢？你们中间谁要是愿意，请站起来好啦！”

说着说着，亚诺什师傅眼睛一热，眼泪快掉下来了。可是，孩子们不但没站出来，反而一个个往他的背后站去，想躲过眼前的陌生人。他们紧紧地依偎着父亲，这个拉住他的手，那个抱住他的脚，还有的攥住他的围裙不放。

此情此景，使亚诺什师傅再也抑制不住自己内心的激动，他张开双臂，把孩子们全都拉到自己面前，搂成一团，眼泪吧嗒吧嗒掉在他们的脑袋上，而孩子们也哇哇地大哭起来。

“没法子呀，先生！你要我做的，我绝对办不到。你就要求别的什么吧！上帝把他们赐给我，我怎么也不忍心把他们送给旁人呀。”

富翁说，他理解这一点。然而，无论如何要他和他的孩子们不要再唱歌了；这一点，务必要他们同意，他可以给他们一张一千庞柯[①]的票子。

一千庞柯！亚诺什师傅还从来没见过这么多钱呢。票子在他手里沉甸甸的，他几乎怀疑这不是真的。

那位富翁闷闷不乐地转身上楼去了。亚诺什师傅把那张钞票仔细地看了又看，他从来没见过这样的钞票呢。他疑虑重重地打开柜子，把

---

① 庞柯：匈牙利旧币。

钱放在里面，锁上，小心翼翼地把钥匙揣进衣袋，随即沉寂下来了。

孩子们个个愁眉苦脸的，一双双眼睛紧盯着父亲。要知道，他们被禁止唱歌了呀。

几个大一点的孩子都蜷缩着身子坐在椅子上，流露出忧郁的神色，同时关照几个弟妹不要吱声，更不要唱出声来，不然的话，住在他们楼上房间的那位富有的先生会听见的。

亚诺什师傅默不作声，独自在房间里走来走去。他妻子生前最喜欢的小巴利走到他身边，小声地恳求父亲再教他一遍那首美好动听的歌，因为他还没记熟歌词呢。然而，亚诺什师傅一手把他推了开去。

“不许再唱啦！”

亚诺什师傅虎着脸，怒气冲冲地坐在凳子上，拿起一双鞋子，狠命地敲打着。他就这样闷着头干起活来，既不想，也不说。可是不知道怎么的，过不来多久，他自己竟轻声哼哼：“噢，听呀，天使们的歌声嘹亮……”

听到歌声，亚诺什师傅不由得吃了一惊，他先是掌自己的嘴巴，然后又生气地把锤子扔掉，起身踢倒坐凳，走过去打开柜子，取出那张一千庞柯的钞票，急忙跑上楼去，找到那位富翁：

“请您把钱收回去吧，先生。我实在不能用这笔钱。您就让我们什么时候想唱就什么时候唱吧。对我和孩子们来说，这比什么都宝贵，比一千庞柯宝贵多了。”

亚诺什师傅把那张一千庞柯的钞票往桌上一放，头也不回地赶快下楼回到自己的住房，一个接着一个地吻遍了所有孩子，像教堂管风琴的琴管似的，重新让他们站好队，他自己把凳子搬过来，坐在他们中间，用浑厚、深沉的声调领着孩子们唱起来：

噢，听呀，天使们的歌声嘹亮……

亚诺什师傅和他的九个孩子快活极了，好像他们才是那栋房屋的真正主人。

而那位富翁，这栋房子的房东，只能在那几间显得空荡荡的大房间里踱来踱去，沉默不语，十分孤单。他实在想不通，也无法理解，为什么这个在他看来如此令人烦闷的世上，竟然还有人这么快活……

（丁江译）

导读

约·莫尔（1825—1904），匈牙利著名小说家。主要代表作有长篇小说《铁石心肠的儿子》《一个匈牙利富豪》《金人》及历史小说《黄玫瑰》等。

《九个中间挑哪一个呢？》是则关于圣诞节的故事，十分耐人寻味。快乐是什么？幸福是什么？有钱就有快乐、幸福吗？贫穷就没有快乐、幸福吗？读者从故事中自会找到答案。穷人穷而快乐，富人富而闷闷不乐，这是为什么呢？因为“爱”。穷人的家是爱之巢，富人却没有爱，有意味的是，富人想收养穷人的一个孩子，“供他上学念书”，“培养他成为绅士”，这么一来，这个孩子将来就能够有足够的钱帮助他的兄弟姐妹。这是一桩多大的幸事呀。然而，却为难了做父亲的亚诺什师傅及他的九个孩子。富人用一千庞柯买走了他们的歌唱，也剥夺了他们的自由。亚诺什师傅在收到钞票后情绪的变化写得十分逼真而深刻。读到他不让孩子们歌唱，“自己竟轻声哼哼”时，人们都会发出会心的微笑。故事结尾令读者十分痛快，亚诺什师傅的话蕴含丰富的人生哲理和做人的道理：“我们什么时候想唱就什么时候唱吧。对我和孩子们来说，这比什么都宝贵。”人不是金钱财富的奴隶，还有比金钱更宝贵的，那就是亲情和快乐。

【美国】拉尔夫·穆迪

合伙人

我喜欢各种各样的巧克力，但最不喜欢的要数原味巧克力了。妈妈买了一块原味巧克力，不知怎么搞的，我总也忘不了它。

我还帮爸爸扬谷子，就在那时，我想到了个主意，我可以从那巧克力的一头悄悄切下一块来。妈妈肯定会发现少了，但在她还不知道是谁干的时候，我可以坦白说是我干的，这样也许我还可以免遭打屁股。

我一直等到妈妈去喂鸡，才偷偷地溜进厨房取下那块巧克力，可我刚要拿刀切时，听见妈妈来了。我迅速把巧克力塞进衬衣前襟里，赶紧离开。我到谷仓里把巧克力藏好，才转回来帮爸爸干活。

以后的时间里，我不敢正眼看爸爸一眼，每次他一说话我就吓一跳。我的手开始抖得厉害，心也“咚咚”地跳个不停。我再也不想要巧克力了，只想找个机会把它放回原处而不被他们发现。

在去接牛的路上，我稍稍平静了一点。这使我可以好好想想。我对自己说：家里钱也有我的一份，因为我也帮助挣了。如果把这棒巧克力想象成用我自己的那份钱买的，那又有什么不可以的呢？看来一切都说得过去。

可是到了把牛往回赶的时候，我又开始担心了。突然，我有了个主意：把这件事统统交给上帝去决定。我捡起一根带有豆荚的皂草梗，准备向空中抛去，按草梗落地的方向听天行事。如果指向西边，我就把巧克力全部放回去；如果指向南，我就从一头切下半英寸厚的一片；如果指向东，巧克力就是用我自己的钱买的，留下来也不算偷了。

我使劲把那豆荚抛向最高处，等它落下来的时候，基本上是指向西边的，但也有点偏南。

那天晚上我怎么也睡不着，尽力回忆那豆荚到底是向南偏了多少。最后，我还是下定决心，悄悄拿了刀子，到谷仓里取巧克力。就在我要用刀子时，忽然听到了喊声："孩子！"啊！是爸爸的声音！我迅速抓起巧克力塞进怀里，然后才转过身，爸爸一把揪住了我的裤子背带把我拎到木堆上。我不知道还有谁能比他打屁股打得更狠的了。

然而他让我站了起来，一字一句地说："孩子，我知道你帮家里挣了钱，我们完全可以说，这块巧克力是你的。如果你提出了这个要求，它早就是你的了。但我不允许你这样偷偷摸摸地干事情。现在，你是想把你的钱和我们分开吗？你不愿做我们的合伙人，对吗？"

直到那时我才知道，我是多么愿意把自己的钱和爸爸的钱合在一起。晚上睡觉时，我的手还在疼，那是我们握手和好时被爸爸使劲儿捏的。

（鲁安基译）

导读

拉尔夫·穆迪，生平及创作情况不详。《合伙人》这则生活故事构思新颖，情节曲折，有着浓烈的儿童生活情趣和哲理意蕴。以第一人称来叙述，亲切、自然而真实，又便于人物内心的自我表白。"我"是一个"巧克力大王"，虽然不喜欢原味巧克力，但这巧克力的浓香使"我"无法抗拒这一诱惑。我也知道"偷"不对，但又总不甘心，怀着侥幸心理，又以抛豆荚来为自己的行为辩护。"偷"巧克力过程中的心理描写十分逼真而童趣盎然，当爸爸逮着"我"时，所说的一段话，特别耐人寻味。父子之间应该是怎样的一种关系，过去的旧观点是“父为子纲”，父叫子亡子不得不亡。新教育兴起后又有“理解、指导与发展”一说，但都在上辈与下辈的框框之内，只是前者以长者为本位，后者以幼者为本位。作者通过这则故事，对父子关系提出了新的阐述，即“合伙人”。这提法不仅新鲜，而且有意义。合伙人一同劳动，一同享受，苦乐同当。不仅如此，合伙人之间的身份、地位是平等的，享有同等的权利和责任。故事虽短，但曲折的情节、丰富的内心活动、传神的细节描写及其深邃的主题，赢得了广泛的读者，有着不朽的艺术魅力。

【德国】克洛泽

会 飞 的 人

——飞机发明家利林特哈尔兄弟的故事

必须专注于一种职业

“站好，别动，让我仔细瞧瞧。”奥托·利林特哈尔对他的弟弟古斯塔夫说。

“你想让我当模特儿吗？”古斯塔夫兴高采烈地说。

“你知道，我要给自己塑像，可我不能看到自个儿的背影啊。”

“啊，是这样，”弟弟说，“你塑像干吗？”

奥托笑着说：“干吗？我想让人知道，我原来显得有多年轻呀——有一天我会扬名天下的！”

“我也想跟你一样扬名天下。”弟弟说。他再也没有兴趣站在那儿充当哥哥的模特儿了。他走到一口大箱子边翻腾起来。“哈，我可找到了！”古斯塔夫嚷着从箱子里取出一个用硬纸板做成的玩具。

“啊，是我们做的鸟儿。”奥托笑着说。

门铃响了，母亲从外面店铺里走了进来。利林特哈尔太太看起来比她的实际年龄要苍老一些，可她两眼跟两个儿子一样炯炯有神。

“看啦，妈妈，你看我这是啥？”古斯塔夫叫道。

“你们做的鸟儿呗！”母亲说，“你们曾打算用它飞上天去呢。”

“我们现在还有这种打算！”两个孩子异口同声地说。

古斯塔夫望着哥哥，笑着说：“你，你不是说想当艺术家吗？”

“两样我都当！”奥托说。

“孩子，别尽胡思乱想了，”利林特哈尔太太说，“要当艺术家，就只能当艺术家；要当工艺师，也只能当工艺师。”

“为什么我不可以两样都当呢？”

“不行啊，孩子，选定一种职业就得热爱它，努力学好它。”

“两样我都喜欢，两样我都努力学好！”奥托高声说。

奥托用抹布擦干净双手，仔细看了看这只玩具鸟儿，“我们当时有多傻啊。”

“如今你们可就聪明了些吗？”母亲微笑着说。

“当时我们以为有翅膀的东西都会飞哩，”奥托说，“现在我才知道，只有把玩具鸟儿做得跟活鸟一样它才飞得起来。”

“傻孩子，只有活鸟才飞得起来。”

“你不知道，我要做只大鸟，我自个儿坐在上头。人是活的呀，这只鸟儿准能飞。”

“奥托，你真是个不懂事的孩子！”

“孩子怎么啦？总有一天会有人第一个飞到天上去，这个人怎么不能是我呢？”

母亲的表情一下变得严肃起来：“你知道吗？有多少人为这桩事摔断了腿，甚至丧了命啊！我父亲跟我们讲的蒙特戈尔菲尔兄弟的故事我还记忆犹新。1783年，他们兄弟就曾做过乘坐气球上天的实验。”

这事奥托知道得很清楚，他在一本书里读过。“是的，他们乘坐的是暖气球。可以用它飞得挺高。可我……我想像鸟儿一样展翅飞翔！”

利林特哈尔太太害怕起来。“无论如何也要打消他这种念头，”她想，“我白天黑夜地工作，为的是能送他上艺术学院。他想当机械师也行，绝不让他学飞。”

利林特哈尔太太思绪联翩。她年轻的时候，很想到德累斯顿歌剧院当一名演员。家里人怎么也改变不了她的想法。在政府里任职的父亲为此大发脾气，母亲也伤心地哭了。但这一切毫无用处，她最终还是当上了歌剧演员。后来她热恋了,爱情办到了她父母没能办到的事。她同丈夫来到一座小城。她的丈夫打算在那儿开采泥炭,然而没人对他的计划感兴趣。1848年她丈夫号召这座小城的居民为争取自由而战。就在这一年,他们的第一个孩子奥托诞生了。孩子出世以来从未见过他的父亲:利林特哈尔一直受到政府的通缉。后来他患了重病,死在异国,死时才36岁。利林特哈尔太太连同两个孩子就这样无依无靠地活在世上,从此失去了经济来源。以后她开始工作挣钱。她上音乐课,间或也举办一些音乐会。然而所得的收入要维持全家的生活真是太难了。

鹳没使人走运

一天,弟兄俩出去散步。他们来到市政厅,只见许多鸽子在高高的屋顶上盘旋。奥托停下脚步,注视着这些翱翔在天上的飞鸽。

"我们还是到河边去玩吧!"弟弟对奥托说。兄弟俩跑到河边。在河边上他们看到一只帆船,这只船正满帆朝海面上驶去。海鸥追逐着鼓胀的风帆。

"看呀,海鸥飞翔的姿态要比鸽子平稳多了!"古斯塔夫嚷道。

"这不稀奇,"哥哥说,"海鸥飞翔时几乎不拍动翅膀呗。"

"也许它们翅膀的结构不同吧?"

"是的,我也这么想过。"奥托说。

"鹳,鹳!"古斯塔夫突然高叫起来,跑离了河岸。奥托紧跟在他后面。兄弟俩跑到一条小街上。这条街上有一个五金工场,工场的屋顶上放有一个旧车轮。前一年鹳在那轮子上做了个窝。这当儿整条街的小孩都跑到这家工场里来了,他们在那儿又是唱又是跳的;妇女们都赶紧从家里走出来站到大门口观看。人们说,看见鹳回巢就能走运。只见这些鹳降落到屋顶上了。

“真了不起，这些鸟是从五千公里外飞回来的呀！”奥托说，“可它们一点儿也不累呢。”

“我们走开吧，”古斯塔夫说，“在这儿跟小孩们跳呀闹的惹人笑话。”

兄弟俩往家里走去。一路上奥托都在寻思，为什么人不能像鸟一样展翅飞翔呢？

“从这儿到意大利，人要走许多周甚至许多月，为什么鸟能很快飞到呢？”古斯塔夫问。

“是风在帮忙！”奥托回答说。“要是我们身上也装上信天翁那样大的翅膀，我们也准能飞。”

弟弟点了点头，“对，快回家去，我们也做上一对翅膀。”

几天以后，两人用薄木板做了一对两公尺长、一公尺宽的翅膀，翅膀下面拴有两根可以托人的皮带。

兄弟俩对母亲说，他们打算在市郊的一座山上进行飞行试验。试验只能在夜里进行，免得人家看了笑话。母亲同意了。整整一个晚上母亲都未合眼。天亮了，两个飞行员总算回家来了。兄弟俩虽然安然无恙，一对翅膀却被摔烂了。

“我们遇到的风向不对，”古斯塔夫对母亲说，“翅膀由奥托拉着从山顶上往下跑，打了个倒栽葱。”

“翅膀太沉了，”奥托心里想，“下一次得好好改进改进。”

“鹳没使我们走运啊。”

下一次就会好些了

利林特哈尔家的这两个孩子上了完全中学，可他们很不讨人喜欢。他俩学鸟飞的事儿早已传播开了，别的学生家长把这当作教育孩子莫干坏事的典型。古斯塔夫还发明了一辆可坐两人的车子。一到天黑，两兄弟便骑出来试验。回家晚的人都能看见这辆车。这东西跑得很快，可轮子发出来的噪音很大，闹得满街不得安宁。校长派人把利林特哈尔太太找去，对她说，他不能再让这两个孩子上他的完全中学了。

古斯塔夫只得到实验中学上学，奥托则在波茨坦上了一所职业学校。

这所职业学校使奥托感到挺称心，因为在这儿他不仅可以学习他应该学到的东西，而且可以学习他感兴趣的东西。他最喜欢机械学。两年后他毕业了。他毕业考试的成绩特别优异。如今，他最大的愿望是上柏林技术大学。可他哪儿有钱上大学呢？

奥托返回家乡。他已经很久不见母亲了。跟以往一样，他把自己的打算告诉了母亲。

“你能得到助学金吗？”母亲问。

“很难。”奥托知道，母亲是没钱供他上大学的。

“我到柏林上大学之前，打算先到工厂里去做工。”儿子说，“你会看到，我挣的钱会足足超过我所需要的学费哩。”

“眼下挣钱可不容易呀。”

“啊，别担心！我已经搞了几件发明。我可以用它们换学费钱。”

可是事与愿违——人们对这个年轻工艺师的发明只是啧啧称叹，工厂老板并没给他一个子儿。

“一旦我有许多许多钱的时候，我就……”

“你就什么？”利林特哈尔太太问。

“我就造一个飞行器！”

“你还想着飞行吗？世界上有许许多多的工作，你挑一种有趣的干吧！你不再想当艺术家了吗？”

“我不还在描图吗？可你亲口对我说过：选定一种职业就得热爱

它,努力学好它。我也就专注于一种职业了。”

“哪种职业?”母亲问。

“造飞行器!”

母亲生气了。“这是什么职业?”母亲说。母亲的劝告怎么也说服不了他。

不多一会儿,古斯塔夫回来了。看见两个孩子都在家里,母亲的气也就很快消了。

第二天,兄弟俩从集市广场取回来一大堆羽毛,这些羽毛他们没花分文。卖东西的人反倒为有人替他们清扫废羽毛而有说不出的高兴呢。使他俩感到欣慰的是,母亲也并没有因此而生他们的气。

奥托和古斯塔夫着手建造新翅膀了。这一次,他俩打算把翅膀造得跟活鸟的翅膀一个样。翅膀终于做成了。兄弟俩把翅膀拿去给母亲看。试飞准备在晚上进行。他俩都还一次也没飞上天呢。

当奥托和古斯塔夫回到家里的时候,利林特哈尔太太从他们脸上看得出来,孩子们的发明没有成功。

“下一次就会好些了。”母亲说。

极大的不幸

奥托到一家机器制造厂干活去了。老板给他的工作很重,付的报酬却少得可怜。奥托在厂里干了差不多整整一年。然后他决定上工艺学院。这年秋天,他成了大学生。

兄弟俩跟一个出租马车车夫共住在一个阁楼上。两个年轻人虽然难得填饱肚子,可是他们一有空,仍然聚精会神地搞自己的发明。

“你们别搞得太久,现在已经十二点了。”老车夫每天晚上都这么关照他们,说罢用鞍褥蒙住脑袋自个儿睡了。兄弟俩坐在那儿描画着,一直要搞到蜡烛燃完为止。每天点两支蜡烛他们可开支不起啊。

“我们箱子里还有吃的吗?”奥托一边收拾桌上的图纸,一边问弟弟。屋子里冷得够呛,古斯塔夫把一块面包放到哥哥跟前:“这是我们唯一的食品了。”

1868年,奥托终于得到了助学金。他回到家里,高兴得简直手舞足蹈。“现在我们可以过皇帝一样的生活了,”他嚷道,“我们每天早上可以吃早餐了!”

1870年爆发了普法战争。奥托从军去了。

战争结束以后,奥托在一家机器制造厂里当上了工程师。如今,他挣的钱多了,可以赡养母亲了,他希望赶紧把母亲接来柏林。

利林特哈尔太太准备卖掉她的房子。她着手擦洗屋子里的东西,把门窗全都打开了。这天夜里她感到不适。三天以后她因患重感冒而去世了。这对兄弟俩是一个极大的不幸。

科学需要付出生命

一天,奥托决定在他的工厂附近建筑一个土岗。土岗筑到十五米高时,奥托向弟弟谈了他的新设想。奥托和古斯塔夫又重新投入他们的发明工作。新的飞行器终于造成了。1891年,奥托·利林特哈尔成功地乘坐他的飞行器在空中飞行了十五米。

“你终于飞成了!”古斯塔夫嚷着从土岗上直奔降落在坡下的奥托。

“不,这还算不得飞。我是说,只有当我飞得比这土岗更高一些以后,才能算飞。”奥托说。

柏林的居民听说可以在郊外的利希滕费尔德看到一种很有趣的东西。于是在一个风和日丽的星期天,他们都到利希滕费尔德的“飞行山”看热闹来了。

“这儿不是马戏团,”奥托说,“我们得换个地方进行我们的飞行试验。”

兄弟俩把飞行器拆散开来，请来了几个车夫，把它运到柏林郊外的另一个地方去了。要去新的试验场——里诺韦内荒野，他们还得乘坐三个钟头的火车。到达目的地后，奥托和古斯塔夫又把飞行器重新装配起来。

奥托·利林特哈尔写过一本论述鸟类飞行的书，他证明人类也可以借助于气流的力量飞到天上去。然而，相信他这种论断的人几乎寥寥无几。

他的朋友，作家迈尔·弗尔斯特也是个不相信他的论断的人。一次，奥托把他带到里诺韦内荒野去了。作家对那次试验十分满意。后来他在一本书中写道：

“利林特哈尔驾起他的双翼打我眼前飞过的时候，正是中午。当时微微地刮着东风。我们屹立在山顶上，目送着向前飞去的利林特哈尔。我真不敢相信，人竟能在天上飞翔。曾有一次，我向利林特哈尔谈起我的怀疑，发明家对此大为恼火。如今，我亲眼看见他在天上飞翔了，我得对他表示歉意才对。”

利林特哈尔制作的飞行器十分简单。飞行器由两只巨大的翅膀组成，一根横梁将两翼并联起来，后面是操纵器。飞行器很轻，一个人带着它可以在地面上跑动。就是用这个飞行器，奥托·利林特哈尔成功地做了多次远达三百五十米的飞行试验。

发明家还打算在恶劣的气候条件下从事试验。一天，兄弟俩又来到里诺韦内荒野，他们登上山坡。这当儿正刮着大风，奥托决定进行这种试验。

古斯塔夫站在山顶上注视着他的哥哥。只见奥托纵身一跳，他同飞行器立即腾空而起。风刮得越来越猛，把他卷到了高空。

“看哪，人可以飞了！”

奥托兴奋得竟忘了掌舵。突然，飞行者感到后面刮来一股狂风。

他还没有意识到发生了什么事，转瞬间飞行器已被风刮翻过来，坠落到地上了。

古斯塔夫赶紧朝坡下奔去，他用双手托住哥哥的头。奥托还没有死。在生命的最后一息，他张开嘴来缓慢地说道："科学需要付出生命。"这是发明家奥托·利林特哈尔临终前的最后一句话。

（张烈材译）

导读

克洛泽，生平及创作情况不详。

在各类生活故事中，有一类以名人的童年时代为题材的纪实故事，为成人与儿童所共同珍爱。怀着对名人的敬意乃至崇拜，带着自己渴望成功的期盼，孩子们对名人在与自己同龄时的生活十分好奇并感到有趣，不仅如此，他们从名人的故事里还能得到许多知识与启迪，为自己的成功提供经验。飞机在今天的孩子眼中是极平常的，然而他们也许从来没有问过：飞机是怎么飞上天的？因为在他们的认识里，飞机就是在天上飞的，从来如此，天经地义，又有何疑问呢？飞机发明家利林特哈尔兄弟的故事不仅告诉孩子们飞机的来历，更重要的是开启孩子们的想象力，培养他们对司空见惯的平常物敢于问一个"为什么"，在疑问中获得知识，养成科学探索的精神。发明家的故事读来是沉重的，利林特哈尔兄弟有许多可贵的品质值得今人学习和发扬，尤其是他们对事业的执着追求，在极其困难的境况下，仍然孜孜以求，甚至付出宝贵的生命。渴望成功的孩子们还应从这则发明故事中牢记这样的道理：要有所作为，就"必须专注于一种职业"，必须有献身科学的牺牲精神。

文学名著故事

【中国】张天翼

宝葫芦的秘密

我叫王葆，从小常听奶奶讲宝葫芦的故事，所以遇到什么难事，就总想自己有个宝葫芦该多好，要啥有啥。

星期日，我们科学小组要做一个电磁起重机，可是苏鸣凤总挑我的毛病，我气得跑回了家。“有什么了不起，不过是个玩具！”闷闷不乐，我又想起了宝葫芦，想着想着就打起了瞌睡。

忽然听见有人喊我去钓鱼，我赶紧拿起钓具，拎起小铁桶追了出去。来到城外的河边，没瞧见一个同学。正好，我自己钓，免得钓不上来他们笑话我。

太阳快落了，也没钓上一条。正着急呢，忽然水面漾起圈圈水纹，我大嚷一声：“是谁跟我捣乱？”有个声音回答：“格咕噜，格咕噜。”仔细一听，是：“宝葫芦，宝葫芦！”什么，这是真的么？我捏捏自己的鼻子，在腮帮子上使劲拧了一把：嗯，疼呢！看来不是做梦。宝葫芦说是专心专意来找我的，要为我服务，让我把它钓上来。我可真高兴，忙着一举钓竿，哈哈，真地钓上一个葫芦。

宝葫芦先跟我讲好一个条件，就是要绝对保守秘密，这我答应。于是宝葫芦就根据我的要求给我的桶里变来一桶鱼，各色各样，甚至还有一批名贵的金鱼。看我高兴，它一下跳到我的手上，我刚想把它装到兜里，它咕噜一滑，自己钻进去了。

走在回家的路上，我有点饿了，忽然想起食品店的熏鱼、卤蛋，还想到葱花饼、核桃糖。刚一想，地下就冒出个纸包，哈，熏鱼！转眼，那几样东西也都来了。老实说，我对这样的幸福生活还不十分习惯呢。

我想让宝葫芦变一栋楼献给学校，它不干，它说那会泄密，还劝我："不要老是一会儿要捐献这样，一会儿要赠送那样，何苦呢？"它说它要全心全意为我个人谋幸福。

路上忽然碰见我的好朋友郑小登，他是我们班上的大钓鱼家，看我钓了这么多鱼，直夸我。还说："河里也钓得上金鱼？这可是一大发现，有科学研究价值。"说着，硬把我拉到他家去找他姐姐，说一起研究研究。他姐姐坚决认为河里不可能有金鱼，还说记得《科学画报》上有这么一篇文章……她一提《科学画报》，我可高兴了："对对！那上面什么都有，我可以借给你。"原来，我有一本去年的合订本，献给班上的图书馆了，星期一我就去借来。

可是等我去借，那本书已经被肖泯生借去了。虽然他下午可以还，但在我前面预约的还有五个人呢。我着急起来："这是捐赠的呀，可我却借不到，要先借给别人！"没办法，这是常有的事，等着吧。谁知，下午这本书不见了，肖泯生已经还了回来，就是不知道书搁到哪儿去了，大家七手八脚怎么也找不到。

这时象棋比赛的时间快到了，我挟起书包往外走。呃，慢着！我的书包好像大了许多。用手一摸，书包里显然有了一本厚厚的挺大的书。还用问么，我知道这是什么书了。

我躲开同学，到个僻静地方去埋怨宝葫芦。它说是我叫它干的，说我心里有这个意思。我让它马上还回去，它说它只会拿进不会拿出。唉，怎么骂它，都没有用了，只好让我自己想办法偷偷把书送回去。偏偏这时候郑小登追了上来，要我快去比赛，我只好抱紧了书包蹲在地上，装肚子疼。郑小登吓慌了，又要去找大夫，又去端开水，还找来几个同学。这对我的"病"当然都没用，我只能死死抱住书包蹲着，心里骂："都是这该死的宝葫芦！可恶极了！"

也不知僵持了多久，书包仿佛动了一下，我用一只手悄悄一探，这才透过一口气来，原来书包的肚子已经瘪了。我直起了腰，说："好了，我没病了。"

可惜，耽误了象棋比赛。姚俊说，就是我上场也不见得大赢。我不服气，说着说着，我们俩就摆上了一盘。姚俊这个人下棋有个怪毛病，净爱走"马"。他把"马"这么一跳，那么一拐，让人觉得非常别扭。我打定主意，非得吃掉他那个"马"不可！谁知我刚想好个主意，姚俊就嚷了起来："咦，我这儿的'马'呢？"同时，我觉着嘴里飞进来一个东西，差一点把门牙都打掉。哼，我知道是怎么回事了。我正想找个机会偷偷把嘴里的东西吐掉，郑小登偏又盯上了我："王葆，你没吃吧！"我张不开嘴，只好摇头，摆手。可这时我偏偏又要打喷嚏，可了不得，我急忙用手绢捂住嘴往外跑。幸亏这时事情发生了变化：那个棋子突然没了！

我赶紧回家。一进门，吓了我一跳，以为走错了屋子。屋里摆满了东西：窗台上、地下摆着各色各样的花，我那桌子上像开了百货公司，有花瓶、奶油炸糕、起重机模型、不锈钢刀，陶瓷娃娃等。宝葫芦说都是照我的意图办的。可我并没有要这些东西呀！宝葫芦说："你想来着。"咳，我也不过就想了这么一下："这玩意儿倒挺不错"、"这真棒"……谁知它真的都给弄家来了。我一开抽屉，那本《科学画报》就放在那里，上面摆着那颗孤零零的象棋子儿。

从此以后我不能再下棋了，也不能再玩扑克，因为我一想吃别人的子儿，一想来好牌，管保弄得大家手忙脚乱，不是谁的"车"没了，就是谁的"王"不见了。

作业不用自己做了：刚要做数学题，桌上就冒出一叠纸，上面整整齐齐写好了答案；刚要画一张地图，就有一张地图已经摆在前面。这可省下我好多时间，那么干点自己的事吧，也干不成：我刚在木片上画好图样，拿起锯来，手上就立刻出现了一架完完整整的飞机模型;我刚拿起一堆黏土,它马上变成了一个小塑像;我刚拿起喷壶,那些花早已像淋过了雨……咳,我没事可做了!

这时,郑小登和姚俊来了。他们看到我这些东西总是问个没完,特别是对那架电磁起重机,老是让我报告一下是怎么做成功的。虽然在我正为难的时候,宝葫芦给我手里弄来一张关于制作电磁起重机的报告稿,可他们不愿听,让我像平常说话那样讲。多亏邻居的孩子们给我解了围,他们嚷着来看花儿。不过很快又把我难住了,他们不停地问这个叫什么,那个叫什么,我哪知道,急出了一脑门子汗,只好答应他们花名等晚上再公布。等他们一走,我马上命令宝葫芦给花儿插上标签。一眨眼,标签就插好了。这时爸爸突然回来了。虽然我撒了个谎,说这些花儿是同学们交我保管的,爸爸没再追问什么,可是当他看了标签不高兴了,说我对花儿一窍不通,还要乱插标签,好像还想拿来教育别人似的。我拼命忍住了眼泪,等爸爸一走,就掏出宝葫芦狠劲往地上一摔:"都是你,乱插一气!"它说它只管搬标签,插在哪里,错不错,它不研究这个。

我想起一件事,赶快把《科学画报》包好,写上地址,悄悄给图书馆小组寄了回去。从街上回来,我生怕遇见同学,会惹出许多麻烦,可偏又遇见了个杨栓儿。他过去是个小偷儿,后来听说改好了,也肯好好学习了。他说他是从学校溜出来找我的,他早已注意到我家里增添的东西,佩服我手段高明,称得上"如意手""通天臂",想跟我合伙,拜我为师等。咳,他以为我得到的那些东西都是来路不正当的,把我也当成了小偷。解释他也不信,还说我真人不露相,我只得赶快离开他,逃回家里。

一进屋,可了不得,自行车、收音机这些挺大的玩意儿也给我搬家来了。我正愁这东西没处放,爸爸已经回来。我只好说自行车是郑小登买的,收音机是队部购置的。爸爸盯了我一会儿问:"你没说谎吧?”奶奶说:“小葆淘是淘,可从来不撒谎。”我心里真不是滋味,“哇”的一声哭了起来。

第二天上学,又出了事儿。肖派生告诉我,图书馆小组收到了一个邮件,就是那册突然不见了的《科学画报》,也不知是谁在哪儿捡了寄来的,可是不一会儿那书又不见了。听到这儿,我差点儿没跳起来。

我正要埋怨宝葫芦,可是又忍住了,因为马上要考数学了,我还得求它帮助呢。

考试开始半天了,我面前还是一张白纸,是不是宝葫芦突然不灵了?这时已经有人交卷了,我正着急,失望,忽然眼前……哈,是一张写好了答案的卷子。我赶紧写上名字,交了卷。这时苏鸣凤叫了起来,他答好的卷子忽然一下子不见了。老师偶然朝我交的卷子看了一眼,他很吃惊,因为那卷子上写的字一点不像我写的字,倒很像苏鸣凤的字。老师让我和苏鸣凤分别把答案再在一张纸上写一两行。苏鸣凤很快写完了,而我把铅笔头舔了又舔,一个字也写不出。“唉,今儿的事可糟了,糟糕透了!”

同学们议论纷纷,说王葆把别人的卷子拿去当自己的成绩交了。郑小登来问我是怎么回事,我低头整理书包,不说话。他摇我的手,我扭身一挣,一下把书包里的东西抖出来了,呀,《科学画报》! 肖派生立刻叫了起来:“原来《科学画报》在你这儿!”同学们让我说明白这到底是怎么回事,我出了满身大汗,只得逃跑。

我无目的地走来走去,不知怎么又来到了钓鱼的地方,就是在这里得到宝葫芦的。我把宝葫芦抽出来往地下一扔,今天要好好跟它算算账。我说:“今天你干什么要让我那么丢脸?干吗拿别人的成绩来充数?”它说:“我没学过数学,又不能代你答题,只能用这个办法来为你服务。”我嚷了起来:“你知道这是一种什么行为?”它说:“这我没研究过，反正这些个玩意儿——考试卷子也好，地图也好，什么也好，都得打别人那去拿来……”我一惊：“什么？你说……所有的东西……都是拿别人的？”“不错，都是。”这下子我像听到了一声炸雷，吓傻了。原来都是偷的！我气得大叫一声：“滚你的！”狠劲把它摔进河里。

我正想往回走，就听“格咕噜”，它又在我兜里叫唤呢。扔不开，我就用刀劈它，又用刀背把它砸个七零八碎。可是那些碎片竟跳了起来，嘁里咔嚓一阵响又拼成一个葫芦。用火烧！刚这么想，它倒给我弄来了火柴、劈柴、煤油什么的，烧了一阵它还是嬉皮笑脸地跟着我。我可真是一点办法也没有了。

怎么办，先回家吧，可是我又怕回家，两只脚像灌了铅越拖越沉。这时又碰见了杨拴儿，他告诉我，家里已经闹翻了天，都在追究我那一屋子东西是怎么来的……我这才下了决心，到学校找到了老师，打兜里掏出那个秘密的宝葫芦，从头讲了事情的经过。

宝葫芦的事儿讲完了，它弄来的那些东西得物归原主啊，可都是谁的呢？怎么还法呢？同学们帮我想了许多招儿。想着想着，我突然睁开了眼睛，原来这都是我做的梦。不过，我自己也得了个教训：“往后，可别做这号梦了！”

（高帆缩写）

导读

张天翼（1906—1985），我国现代著名作家，儿童文学家，原籍湖南湘乡，出生于南京。1928年开始文学创作，一生留下了大量作品，代表作有中篇小说《清明时节》、长篇小说《鬼土日记》及短篇小说集《从空虚到充实》等。儿童文学创作主要有四部长篇童话《大林和小林》《秃秃大王》《金鸭帝国》(未完)和《宝葫芦的秘密》;中篇小说《奇怪的地方》、短篇小说《失题的故事》、剧本《大灰狼》等。

张天翼的童话独树一帜,堪称中国现代童话创作的典范之作,而《宝葫芦的秘密》又可以称作张天翼童话艺术成就的巅峰之作。这部长篇童话创作于1956年,它通篇以第一人称独白式的说故事的方式写出,通过少年王葆的遭遇,善意地批评了孩子们头脑里幻想的不劳而获的懒惰思想,指出靠神奇的宝葫芦过坐享其成的生活不会获得快乐。作品深刻地刻画了人物性格和心理,语言生动幽默,风趣盎然,表现出作家艺术手法的高超,极受小读者的欢迎。童话的故事梗概是:一个不大爱动脑筋、却喜爱幻想的小学生王葆,一天在梦中得到了一个想要什么就有什么的宝葫芦。开始,宝葫芦给王葆变出了许多吃的、用的和玩的东西,使王葆十分高兴。可是后来,王葆却因为宝葫芦而遇到了麻烦。原来,宝葫芦"变"出来的东西都是从别人那里偷来的。同学、老师和爸爸都对王葆产生了怀疑和不满,王葆由快乐而陷入尴尬和苦恼之中。最后,他终于认识到不劳而获的思想是可耻的,从而与"宝葫芦"一刀两断。

这是一部以童话形式来表现当代少年儿童现实生活的比较成功的作品。它以梦幻为途径,将幻想的"宝物"与现实的生活自然地融合起来,使整部作品具有一种亦真亦幻、虚实相生的艺术氛围。同时,在具体的人物塑造和情节展开过程中,作者又融入了小说注重细节描绘和心理刻画的特点,成功地塑造了王葆的艺术形象。这些特点,在这篇经过缩写处理的同名作品中,仍然得到了较好的反映。

【中国】包蕾

猪八戒吃西瓜

唐僧、沙僧、八戒、行者一起到西天去取经。一路走来，到了一个地方，看见前面有一座高山。山上是黄土乱石，没有一棵树木。山下也都是荒地，没有一户人家。唐僧说："大家都走累了，到哪里歇一歇才好？"行者抬头向前一看说："前面有座古庙，快点走吧！"

这时候，正是六月天气，太阳当头照，晒得人嘴也干了，舌头也焦了。他们四个人，过了中午还没吃饭，也没喝上水，又饿又渴，真想赶到庙里，喝上几碗凉茶，吃上几个馒头。哪里知道到了庙里，一个人也不见。

行者说："师父不要着急，大家在这里休息休息。我出去找点果子来！"说着就要走。八戒在旁边听见了，心里想："我跟他一起去，要是找到果子，就可以早点吃到。"他连忙对唐僧说："我也去！"唐僧说："好吧，你们早去早回！"

八戒跟着行者出了门，脚踏在晒热了的土地上，烫得难受。心里后悔起来。可是又不好意思不去。走了一程，看见路边有棵白杨树，八戒想："要是能在这树下睡一会儿多好！"他就假装肚子痛，嘴里"哎呀，哎呀"叫起来。行者问他："怎么了？"他说："哥啊，我肚子痛，走不动了，你自己去吧！我在这里等你，要是找到果子，快点回来，可别自己吃了。"行者知道八戒偷懒，也不去说穿他，就说："好吧，你就在这里等着，不要走开。等我采了果子回来，一起去见师父，分果子给你吃。"八戒连忙答应："好的，好的。"

行者点点头，一个筋斗翻上天去了。八戒等他走了，就在大杨树边躺下。一阵清风吹来，十分凉快。他正想睡一会儿，忽然看见山脚下，有个绿油油的东西，阳光照得闪闪发光。八戒连忙起来，走过去一看，原来是个大西瓜。八戒心里高兴极了。

他把大西瓜搬到树下，拔出刀来，正想要切又放下了，嘴里说："师父和沙僧在庙里等着呢，我不能自己一个人吃了这个大西瓜。"他想不吃，可又实在嘴馋，眼睛看着这个绿油油的大西瓜，嘴里直流口水。他忍不住举起刀来，把西瓜切成四块。一边又说："师父！我把这瓜切成四块，我先吃自己的一块，也说得过去。"说着拿起一块，大吃起来。

再说行者一个筋斗十万八千里，来到南海边上。这里到处开满香花，树上结满了果子，桃、杏、梨、枣，什么都有。真是个好地方。行者来不及细看，急忙爬上树去，采了些蜜桃、甜枣、玉梨、黄杏……解下围裙，满满地打了个包袱，往身上一背。又一个筋斗，回到原来的地方，正要落下，忽然一想："慢着，让我先看看八戒在干什么。"就停在半空中，从云缝里往下看，正巧看见八戒捧着一块西瓜在大吃。

行者想："好小子！找到大西瓜，躲在这里一个人吃，把师父和咱们都忘了。"正想下去说话，看见八戒吃完一块，嘴里不知在说些什么，便停住细听。只听见八戒说："一块瓜不解渴，我再把猴子的一块吃了吧！留下两块给师父和沙僧，也说得过去。"行者听了心想："难得他还记得师父和沙僧，就吃了给我的一块，也不去说他了。"只见八戒几口就把那块西瓜啃完了，接着又说了："可越吃越想吃了，嗨！我把沙僧的一块也吃了吧，给师父留下一块。"说着又捧起一块吃起来。行者看了心想："这傻子也真贪吃。总算他还记得师父。"这边行者在天空中想，那边八戒又把一块西瓜啃光了。想不到他捧起最后一块西瓜来说："师父，师父！不是老猪不留给你吃，一来是老猪实在口渴；二来拿回去一块西瓜也不好意思，就让我代你吃了吧。"说着，就把西瓜往嘴里送。行者看得又好气又好笑，心里骂着："馋猪！有了吃的，什么都忘了！"便在空中叫了声："八戒！"

八戒听见有人叫他，心慌了，捧着西瓜，不知怎么办好。行者又叫了一声："八戒在哪里？"八戒不敢答应。他想："要是猴子知道我在吃瓜，多不好意思呀。"想着连忙把手里的西瓜皮，扔得远远的，又急忙拣起地上的三块瓜皮，使劲一丢，丢得看不见了，这才放心。他掀起袍子擦了擦手，轻声问："是谁叫我呀？"行者在半空中看得明白，慢慢地从空中降落下来。八戒看见赶忙跑过去，说："哥哥辛苦啦！"行者装作什么都不知道，说："你这半天在干什么？"八戒说，"没干什么，就在树下睡了一会儿。"说着伸出舌头舔舔嘴唇。行者看着笑问："你做梦吃果子了？"八戒连忙说："没有，没有，嘴还干着呢。"行者说："我采了些果子，你方才肚子痛，不敢给你吃了。"八戒才吃了个大西瓜，肚子正胀着，就说："不忙，不忙！先带回去送给师父和沙僧吃，我不着急。"行者听了好笑，说声："那就走吧。"八戒就跟着行者回去了。

才走几步，八戒就踏上一块西瓜皮，摔了一跤，脸都跌肿了。行者连忙把他扶起来，问他怎么这样不小心。八戒站起一看，是自己丢的西瓜皮，不敢声响了。行者倒骂起来："是哪个懒家伙把西瓜皮乱丢，害得八戒摔了一跤！"一边又对八戒说："你摔这一跤，就算是给师父磕了个头吧！"八戒忙说："不要紧，不要紧！没摔痛。"说着赶忙就走。

想不到走了十几步，又踏上一块西瓜皮，身子一摇，跌倒了。行者把他扶起，叫声："哎呀，又是哪个懒家伙？偷吃了西瓜，把西瓜皮乱丢。"八戒看了一下西瓜皮，心想："真倒霉！"行者忙说："不要生气，这一跤就算给沙僧行礼吧！"八戒也不敢多嘴，慢慢地向前走去。

这回，八戒倒是小心了，眼睛看着地，一步一步走。偏偏行者跟他谈起南海地方多么好，到处有果子吃。八戒听了，心里只想到南海去吃果子，忽然脚下一滑，跌倒在行者身边。行者笑着扶起他，叫声："八戒！干吗给我磕头呢！"八戒低头细看，又是一块西瓜皮，心里想："真奇怪！"

看看来到庙前，八戒心想："总算到了，让我老猪进去，好好休息休息，这一路摔得我好苦。"心里一急，脚步加快，一不小心，又摔了一跤。行者在旁笑起来说："真是个好徒弟，没进庙门，就跟师父磕头啦！"

行者扶着八戒进去。唐僧、沙僧看见行者带回好大一包果子，十分高兴；又看见八戒脸上一块青一块红，肿了一大半，看来更加胖了，忙问："这是怎么的？"八戒哼着说："别提了！是我不该一个人吃了个大西瓜，这猴子一路上倒请我吃了四块西瓜皮。"说得行者笑痛了肚皮。

导读

包蕾(1918—1989)，原名倪庆秩，浙江镇海(今宁波)人。现代剧作家、童话作家、儿童文学作家。曾任上海少年儿童出版社编辑部主任、上海美术电影制片厂编剧。主要作品有《包蕾童话选》、美术片剧本《金色的海螺》。其中童话《美丽的小金鱼》《猪八戒吃西瓜》《小兔子"我知道"》等改编成美术电影。根据阮章竞的童话改编的剪纸片《金色的海螺》(1962)，在亚非电影节上获卢蒙巴奖。

《猪八戒新传》是包蕾童话创作的高峰。这部根据我国古典名著《西游记》中的艺术形象再创作的童话集，包括 4 篇关于猪八戒的故事：《猪八戒吃西瓜》《猪八戒探山》《猪八戒学本领》《猪八戒回家》。作者根据现实生活中某些少年儿童的思想、行为和心理特点，对猪八戒的形象进行适当改写，既保留了《西游记》中猪八戒的性格特点，又增添了几分孩子们的天真稚气，更加吸引小读者。《猪八戒吃西瓜》写的是唐僧师徒四人去西天取经，来到一个荒庙，又饿又渴，猪八戒跟孙悟空一道去找果子来解渴充饥。半路上，偷懒怕累的猪八戒不肯走了，独个儿去一株大杨树下歇息。忽然看见不远处有个大西瓜。开始，他还想留一份给师傅吃，但吃着吃着，便把整个西瓜都吃掉了。孙悟空正巧看到了猪八戒不仅偷吃了西瓜，还乱丢瓜皮，在回来的路上连连捉弄他，让他踩着瓜皮，跌了好几跤，鼻青脸肿，叫苦不迭，最终使猪八戒在实际感受中认识到自己偷吃行为的不对。随着童话情节不断推进，猪八戒自私、贪吃、小聪明的性格被写得活脱自然，憨厚可爱。包蕾创作《猪八戒新传》的过程，为创造性地运用我国丰富的文化遗产，推陈出新，做了有益的尝试，生动诠释了继承与创新的关系。作者既尊重原著，又不局限于原著，在猪八戒形象的再创造上，避开性格中贪恋美色的一面，突出他憨直懒惰、弄巧成拙的特点，并根据这一特点重新安排故事，让读者感到既熟悉亲切，又新鲜有趣。因而，《猪八戒新传》成为一部不可替代的“西游记故事”。

【法国】凡尔纳

十五少年漂流记

很早很早以前,在新西兰的码头停泊着一艘船。这艘船有十五个少年,他们是应邀请利用暑假来到这儿的。

"哎呀! 真棒!"

少年们首次坐船,都很兴奋很快活。可是,与陆地上连接的船索突然自己脱开了。

"喂,船要给冲走了。"

当少年们注意到的时候,船已离岸边相当远了。

"这,怎么办?"

少年们束手无策。船终于漂到南太平洋正中央。

"不得了,暴风雨要来了!"

顷刻之间,厚厚的云层蒙住整个天空,暴风骤雨无情地袭击少年们乘坐的船。

"大家结好救命索!"

"要掌舵!"

少年们齐心合力,与暴风雨搏斗。后来,终于渡过难关。

恐惧与不安的情绪掠过少年们的心。遭到风暴的船已经毁坏,他们陷入了从未预料到的最坏的险境。

过几天,少年们见到了陆地。

"好极了,得救了!"

"也有可能是个无人岛,去调查一下。"

少年们匆匆忙忙把船停靠在浅滩上。

"不知会发生什么情况,都要当心点!"

少年们带上船上的枪，从河边小道往上走去。在途中他们发现一个大洞窟。

“或许有人？”

少年们进去一看，死尸的白骨散落在地上。

“害、害怕，快、快回去吧。”

“等等，地面上好像有什么东西。”

那是一册札记本。在札记本上，记有这个岛的地图。

“这是一座岛屿。”

“看来，只有我们知道这座岛。大家要齐心合力，坚持下去。”

少年们心里七上八下，真想哭出来，但还是克制住自己的不安情绪，互相激励。

“好，从今天起咱们就住在这个洞里。这里可以避风雨，而且比在洞外好受一些。”

少年们编制木排，把船上的货物都运到洞里来了。

大约过了一年，有一天夜晚，少年发现洞口有一个少女倒在地上。

“快抬到里面来，让她暖和暖和。”

少年们专心致志护理少女。少女终于恢复了神智。

“谢谢各位。我叫凯多。”

原来，凯多在航海旅游的中途，受到一个叫作瓦尔斯顿的坏水手袭击。

“因为我和大副伊班斯先生一块儿逃出来，瓦尔斯顿正带领手下的人追赶我们。”

瓦尔斯顿是个凶暴残忍的恶棍。如果少年们被发觉，也一定会遭到不幸。

“坐上风筝去观察一下。这些家伙如果在，应该能发现篝火的烟。”

少年们马上做成一个大风筝。为了坐人，还装上一个座位。

“我去。”

叫作布里安的男孩子自告奋勇报告，手拿望远镜坐了进去。

“发现了，发现篝火！”

听到布里安的声音后，大家七手八脚把风筝拽落了下来。

“这些家伙大概是在这一带。”

摊开本岛的地图，布里安指出他们的所在地。

“不是离得很近吗？”

少年们大吃一惊，连忙在树上搭起瞭望所。

“不得了，有人来了。”

没隔多久，大家就听到瞭望的少年的喊声，于是一个个手拿枪支走了出来。

“等等，那是伊班斯先生。”

听凯多一说，大家才松了一口气，放下心来。其实，本来大家都是胆战心惊的。

“我们做的风筝已经被发现了。这个地方肯定也会给发现的。”

正如伊班斯先生所估计的，瓦尔斯顿手下的好几个人很快就来察看动静。

做好准备在等待的少年们举起枪，一齐朝那些家伙瞄准。

“救命啊！”

那些狗腿子慌慌张张逃跑了。

“既然已经发现我们，在这儿也无济于事。索性跟踪追击，干掉他们。”

少年们跟伊班斯先生和凯多小姐一块儿走出洞口。

瓦尔斯顿的手下人已经发觉少年们在跟踪。他们躲在隐蔽处，等待少年们一到便发动突然袭击。

“输不了！”

少年们个个英勇奋战。这时突然有两个小男孩被悄悄来到这儿的瓦尔斯顿抓住了。

“倘若你们想要保留这两个孩子的性命,就把你们的枪都交出来。”

少年们只好把枪交了出去。

“从现在起,你们就得做我的部下,为我干活。在我来到之前,都在这儿待着。”

瓦尔斯顿瞪眼看少年们,同时坐进小船。

“没有办法了。没有了枪,只好听那些家伙摆布了。”

少年们垂头丧气。这时,有一个少年从船上拖来一门大炮。

“棒极了!”

少年们把火药装进大炮,瞄准瓦尔斯顿他们一伙的小船发射。

“轰——!”

炮弹出色地命中目标。瓦尔斯顿一伙给抛到海面上,不知漂流到哪儿去了。

“成功了!”

少年们欢呼胜利,高兴极了。

“我们把船修好回家去吧。”

在伊班斯先生的帮助下,少年们专心修船。

船终于修好了。

“起航!”

“张帆!”

少年们表现出好久没有过的乐观情绪,脸上的表情明朗而充满生气。这一次航海,有大副伊班斯先生领头,大家都放心。

“喂! 码头就在前面,已经看得见了!”

他们终于回到新西兰。

“妈妈！妈妈！”

少年们拼命挥手。他们在航海途中遇到渔船。先回来的渔船通知少年们的家属，所以家属都到码头来接他们了。

（罗传开译）

导读

凡尔纳(1828—1905)，法国著名科幻小说家，被誉为“世界科幻文学之父”。1863年，发表了他的第一部科幻小说《在气球上的五星期》，从此声名鹊起。继之出版了近百部类似的游记，后来取名为《在已知和未知世界奇游》(又译作《奇异旅行》)。其中比较著名的有《阿特拉斯船长的奇遇》《地心游记》《从地球到月亮》《格兰特船长的儿女们》《海底两万里》《环游月球》《环游地球八十天》《神秘岛》《十五岁的船长》等。凡尔纳用神奇的笔勾画了未来世界的宏伟蓝图，讴歌了人类不屈不挠的奋斗精神，赞颂了科学技术创造的人间奇迹。凡尔纳渊博的学识、丰富的想象力、对科学发展的预测、对神奇的未知世界栩栩如生的描绘、艺术夸张与现实生活惊人的一致性，在凡尔纳本人还健在时，就受到许多科学家高度的热情的称赞。凡尔纳的科幻小说是为少年阅读而创作的，后来这种文学样式的创作也进入了成人文学，这是文学史上唯一在体式上由儿童文学影响成人文学的例子。

选在这里的《十五少年漂流记》，是欧洲人自己缩写的一个幻想故事。即使只是一个简短的故事梗概，读者仍可以通过它看到凡尔纳笔下的人物总是能凭借自己的果断敏捷、足智多谋、不屈不挠、临危不惧、善于应变来摆脱困境并转危为安。作品中丰富的想象力、乐观的人生态度、积极的探索精神以及蕴含的人道主义和民主思想，都是给少年儿童的最相宜的精神食粮。

【意大利】罗大里

假话国历险记

我们要讲的这个故事主人公名叫小茉莉。他的嗓门大得出奇：在学校，老师点名，他答应一声“到！”那石黑板、窗玻璃就会被震碎；要是在野外唱上两句歌，地里的田鼠、毛虫、蚂蚁等就纷纷惊慌地钻出地面，以为是发生了地震。一天他来到果园，看到树上的梨已经熟了，就高喊了一声：“喂，梨呀，掉下来吧！”你猜怎么样？那梨真就噼里啪啦像雨点一样纷纷落了下来。邻居看见了，有人就说他是个会妖法的恶巫师。小茉莉一看太平日子过不成了，只好离开家到外地去流浪。

这一天，小茉莉来到一个极古怪的国家。在这里，到食品店去买面包，他给你的是墨水，而只有到文具店去买墨水，才能得到面包。奶酪要叫橡皮，看见玫瑰花要叫胡萝卜，早上见面打招呼要说“晚上好”，而天空晴朗朗的却被说成是即将下雨。总之，这里一切都是颠倒的，就连猫也都要学狗叫“汪汪”，如果叫一声“喵”就是猫中的败类。原来这里是“假话国”。在这个国家，小茉莉结识了一个好朋友瘸腿猫。瘸腿猫本来是一个小姑娘用红粉笔画在墙上的，被小茉莉的一声“啊”震了下来。由于小姑娘只给它画了三条腿，所以它给自己取了这么个名字。瘸腿猫向小茉莉介绍了假话国的来历。原来，这个国家的国王本是个海盗，叫贾科蒙。他和他的同伙占领了这里以后，为了防止大家说清他的老底，便命令大臣修改了字典，把所有字眼的意思都颠倒了过来，于是“海盗”的解释就成了好人，而“好人”的含义倒成了海盗。

在这个假话国，谁要是说真话，就得被关进监狱或者疯人院。比如说吧，这里有个好心的玉米老大娘收养了七只小猫，可惜这些猫只会“汪汪”叫，后来瘸腿猫教得它们会叫“喵”了，老大娘高兴得连连夸奖它们：“哎呀，好样儿的！好样儿的！”坏了，这就被一个卑鄙的小人给告了密，于是玉米老大娘和她的孙女，以及那些小猫全被关进了疯人院。

再说我们的小茉莉，由于太累，倒在一个地下室的煤堆上睡着了。睡梦里他轻轻唱起歌来。虽说轻，可也惊醒了半城的人，这中间就有一个濒临破产的剧院经理朵米索指挥。他一听这惊人的嗓子，真正的男高音，可乐坏了，这可是能使他发大财的宝贝啊！他连夜里把小茉莉拉回家里，并以假话国特殊的反语写出海报，第二天就让小茉莉登台演出。

剧院里挤得水泄不通，贾科蒙国王也戴着他的假发驾临御包厢。小茉莉压低嗓子唱起第一支歌，大厅里的一些灯泡便被震碎；唱第二支歌，秃头国王那橙黄色的假发被吹了起来，剧场里响起哄堂大笑；而第三支歌一唱，剧院也开始被震得东坍西倒了。观众拼命往外挤，等人跑光了，楼梯、包厢也坍光了。朵米索指挥一看，伤心地大叫“哎哟，我的天，我的剧院！我可彻底完啦！”小茉莉一看剧院经理发了疯似地来抓他，就赶快混进剧场外的人群，拔腿逃跑。

小茉莉逃到一个画家小香蕉的家里。在这里他又和瘸腿猫重逢，自然十分高兴。可是这个画家正在苦恼。原来他按着假话国的法令，把马画成十三条腿，给骆驼画了三条尾巴，给人画了三个鼻子，这样的画，他自己怎么看怎么别扭，怀疑自己没有画家的才能，正想把画剁碎。小茉莉劝他，把马腿去掉几条。他试着办了，不错，等到只剩下四条腿的时候，那马竟嘶鸣一声，从画布上跳了下来。小香蕉激动了，他又去改那幅骆驼、那幅狗、那幅羊，只要把画改得符合真实，那画就都活了起来。

小香蕉真高兴，他又拿起笔给瘸腿猫添了一条腿，第二天早上就急急忙忙离开家，急着到街上去显他的本领。在街上，他画了一丛散发出香气的紫罗兰，又画了一只被人们叫作猫的狗，当这狗活起来时，不是“喵喵”叫，而是“汪汪”叫，这可就惹了祸，小香蕉被抓进了警察局。警察局局长为了讨到一笔赏钱，把小香蕉献给了国王。贾科蒙先封小香蕉做动物园大臣，让他给画各种好吃的。最后贾科蒙让小香蕉给画大炮、军舰，这个强盗国王总是忘不了抢夺，他要向邻国发动战争。小香蕉坚决不干，于是他也被关进了疯人院。

这时候，为了逃避警察的追捕，小茉莉摔伤了腿，正和瘸腿猫躲在一个叫“一分钟也不坐的本韦努托”家里。这个本韦努托看上去已有七八十岁了，可是他在这个世界上才生活了十年。怎么回事呢？原来他生下来就得了一种怪病，只要一坐下或一躺下就飞快长大。睡了一宿觉，衣服小了，鞋子紧了：生下来七天便去上学；一堂课下来，他长得被夹在桌椅里出不来了。这个病没法治，只好老是站着，所以叫“一分钟也不坐的本韦努托”。后来他那收破烂的爸爸死了，为了养家，他就坐下来让自己很快长成了个小伙子。这小伙子喜欢帮助人，为了帮助人他常常得坐下。比如为了帮助一个病妇人，他坐下来哄一个孩子；为了让一个三天没睡的小姑娘睡一觉，他坐下替小姑娘纺线；为了安慰一个不幸的老头，他又坐下来陪那老头打牌……就这样他很快老了，头发越来越白了，可是他并不后悔，因为他的每一根白头发都使他想起一桩好事，他把生命给了别人。

就在这个本韦努托家里，瘸腿猫得知小香蕉被关进了疯人院，便决心去救他。本韦努托也暗中推起他的小车去接应。瘸腿猫游过深水沟，顺墙爬进了疯人院，终于找到关小香蕉的单人房间。小香蕉一看瘸腿猫来救他，很高兴，可是怎么出去呢？小香蕉说：“你去弄把锉刀来。唉，我要是能画一把就好了，可这些强盗连一个铅笔头也没给我留下！"瘸腿猫说："那好办，你可以用我的爪子来画！"小香蕉说："可那是要磨损的呀！"瘸腿猫说："不怕，磨损了，你随时可以再给我画出来嘛！"就这样，小香蕉用瘸腿猫的爪子画了锉铁窗用的锉、跳楼用的降落伞和过深水沟用的小船。画完了，瘸腿猫真好像又被截掉了一条腿。他们本来想把玉米老大娘和他的孙女也一同救走，可是惊动了看守，他俩只好匆匆逃出。幸亏本韦努托前来接应，当看守追出来时，他俩早已钻进了本韦努托那个收破烂的小车。本韦努托为了掩护他俩，就装成一个老人在休息，坐在车把上与前来追赶的看守们答话。可这时瘸腿猫被车上的尘土呛得打了个喷嚏。为了引走看守，瘸腿猫自己钻出车去又跑，看守们喊叫着追去。追到王宫前，瘸腿猫突然不见了，原来，瘸腿猫在跳到一个圆柱上的时候，劲儿使得过大，又变成一幅画贴在圆柱上了。

本韦努托把小香蕉推到家的时候，已经那么老，那么累，完全没有力气了，偏又赶上来了个巡夜的，他只好再坐在那车把上装作休息。可是，从此他就再也没有起来……

当小茉莉见到了小香蕉，得知本韦努托已经死了，瘸腿猫也不见了的时候，心里又难过又惭愧，说："大家都在做事，而我却只会震坏东西使人害怕……"说到这，突然想到一个了不起的主意，"对呀，这回该轮到我了，你们看看我能干些什么吧！"

他来到疯人院对面的一个广场上唱起歌来。随着他的歌声，疯人院的玻璃一块块地往下掉，铁栏杆也折断了，门窗也碎了。院长、秘书、警卫、看守以为发生了地震，纷纷说着骗人的假话溜走。被关押的人也都跑了出来。首先是玉米老大娘和她的小孙女，还有她那可爱的小猫……

震坍了疯人院，千千万万的人一下子得到解放，说出了真话。城里的事情全变了，狗在"汪汪"吠，猫在"喵喵"叫，面包店的师傅也换下文具店的招牌，写上了“面包店”三个字。更多人簇拥着小茉莉涌到王宫前的大广场。在小茉莉威力无比的歌声中，王宫像被扔进了炸弹，大臣、将军、内侍纷纷改装从下水道逃跑。贾科蒙国王也忍痛换掉假发，提上手提箱混出宫外，眼看着他的王宫在小茉莉的歌声中变成了一座废墟。贾科蒙这个强盗国王最后溜到哪里去了，人们不知道，可是大家都知道小茉莉终于找到了好朋友瘸腿猫。当他看到那根大圆柱上瘸腿猫的画像时，心里立刻亮了，便大喊了一声：“瘸腿猫！”哈，那个瘸腿猫立刻跳了下来，两个好朋友紧紧拥抱在一起。不，不是两个，还有小香蕉，这时他也从人群外面挤了进来……

后来，据说王宫又被小香蕉用画笔给复原了，玉米老大娘被任命为流浪猫学院的院长等，反正当人们再不说假话的时候，事情的结果都是非常美好的。

（高帆缩写）

导读

罗大里（1920—1980），意大利具有世界影响的儿童文学作家、童话家。代表作有童诗《一行有一行的颜色》《一行有一行的气味》，长篇童话《洋葱头历险记》《蓝箭号列车旅行记》《假话国历险记》（又译《小茉莉在说假话的人们居住的国度里》），长篇小说《三个小流浪儿》等。此外他还出版了童话理论专著《幻想的法则》。罗大里是一位以先进思想使童话别开生面从而振奋一个时代的作家，是一个在语言艺术领域里开拓了一条新路的作家。他以自己对儿童文学的卓越贡献，于1970年获得国际安徒生儿童文学奖，并被誉为20世纪世界儿童文学泰斗式的人物。

《假话国历险记》是罗大里的代表作，也是20世纪最著名、最重要的童话佳作。童话描述一个叫“小茉莉”的男孩，来到一个一切都颠倒了的国家，进食品店买面包，却给你墨水；到文具店买墨水，却得到面包；早上见人得说“晚上好”，天黑了倒要说“早上好”。这一切都是由于国王是个海盗引起的。他修改辞典，把“海盗”改成了“好人”，“好人”倒成了“海盗”。在这个国家里，谁也不敢说真话，说真话就要被关进监狱或疯人院，因此，这个海盗统治的国家成了一个“假话国”。而力量却在真实之中，人们以真实为武器赢得自己的解放。罗大里这部童话把主题和形象的根深深扎入意大利现实的土地。“假话国”是作家对墨索里尼追随希特勒疯狂推行法西斯主义的罪恶现实的一种童话概括，而在“小茉莉”“瘸腿猫”“收破烂的本韦努托”等人物身上寄托着作家的审美评价。童话的典范意义是展现一个既是奇妙的孩子们见所未见、闻所未闻的幻想世界，又是一个平常的广阔的复杂纷纭的人生世界，让小读者感受到真理、正义、自由、善良的鼓舞力量。

【芬兰】托芙·扬松

魔法师的帽子

在姆敏山谷，住着一种很小很小的小动物，他们长得像直立的微型小河马，胖胖的，很怕羞。这里说的就是他们的故事。

春天的一个早晨，小姆敏醒来了。他轻轻地走出门，去外面玩耍。今天的天气实在好，到处都是刚从冬眠中苏醒过来的小动物。妖精们坐在树上梳理他们的头发，小老鼠在树旁的雪地上打洞。姆敏和他的好朋友斯纳夫和斯尼夫登上了山顶。三月的微风吹拂着他们，脚下是无边无际的绿色原野。斯尼夫忽然发现山上有顶高筒式的黑色大礼帽。姆敏觉得爸爸也许会喜欢这顶帽子，就把它带了回来。

姆敏的爸爸把帽子戴上试了试，那帽子大得几乎把他的眼睛都罩住了，那样子实在滑稽。姆敏妈觉得他不戴帽子要显得更威严，姆敏爸在镜子前转了好几圈，最后叹了口气，把帽子取下来。结果这顶漂亮的帽子成了姆敏的废纸篓。

姆敏吃完饭，随手把蛋壳丢进那个废纸篓，就出去玩了。过了一会儿，只见五朵白云状的东西从帽子里升起，飘到台阶旁。正在玩的孩子们觉得有点奇怪，那白云既不动也不改变形状，好像在等待着什么。斯诺克妹妹用爪在上面抹了抹，那东西柔软得像棉绒。她坐了上去，咯咯大笑。孩子们纷纷跳上白云。这时白云飞了起来。孩子们很快就发明了一种新游戏，他们驾着魔云在空中互相冲撞，谁掉下来就算输。他们玩得十分开心。第二天早上，姆敏到柴屋去取存放在那里的白云，柴房空空的，什么也没有。谁也不会想到魔云和帽子里的蛋壳有什么关系。

一天，孩子们正在屋里捉迷藏，姆敏悄悄躲进那顶黑礼帽里。听到伙伴们一个个被找出来，他得意极了。他一直等待着，最后才从帽子里爬出来。“瞧瞧我！”他大声说。“他是谁？”大家都惊讶地盯着他，直摇头。可怜的姆敏在那顶帽子下已变成了另一种动物。姆敏一再说自己是姆敏，可谁也不相信他，还骂他是骗子。这究竟是怎么回事？姆敏急得直抓耳朵，这才发现自己美丽的小耳朵已经变成一对像水壶提手似的大耳朵，上面布满皱褶，他心惊胆战地又摸摸尾巴，原来那条不长不短的漂亮尾巴变得像个扫烟囱的大扫帚。姆敏伤心地跑到妈妈跟前，“仔细看看我，妈妈！你一定认得出你的姆敏。”姆敏妈长久地凝视着他惊恐的眼睛，然后肯定地说：“你是我的姆敏。”话刚说完，姆敏就开始变形，最后变回了他的原样。

现在，姆敏知道是什么捉弄了他，为了证实自己的判断，他决定再试验一次，可让谁进去呢？他想起蚁狮，那家伙曾把他妈妈拉进洞，还往她眼里喷沙子。他把蚁狮骗进一个装满沙子的罐子，然后把所有的小伙伴都召集来。当孩子们知道姆敏要做的试验，一个个吓得发抖，蚁狮会变成什么？他也许会变成比蚁狮更可怕的东西，把他们一下子全吞掉。为了防止意外，斯纳夫建议大家都藏到桌子下面，而且要在帽子上压上一本厚书。

试验开始了。斯诺克战战兢兢地拧开盖子，把蚁狮和沙子一起倒进帽子，随即闪电般地把一本古怪的大字典扣在帽口上。大家在桌子下静静地等着。只见字典慢慢地起了皱褶，而且越卷越厉害，书页变得像枯萎的叶子，里面那些稀奇古怪的字跳到地板上，满地乱爬。接着，那帽缘开始滴水，斯诺克猜测可能是沙子变成水。大家又等了很久，简直有些不耐烦了。这时，帽子边缘突然出现了一只世界上最小的刺猬，它浑身水淋淋的，显出十分困惑的样子。大家怔住了，斯纳夫最先发出了笑声，随即大家在桌下笑得满地打滚。

姆敏爸和姆敏妈知道这件事后，把帽子扔进河里。姆敏对此很是惋惜。一天晚上，斯纳夫告诉姆敏，帽子漂到下游的沙滩了，帽里还不断地流出红水。考虑到下游居民的安全，他们觉得有必要把帽子取回来。

斯纳夫不会游泳，姆敏滑进河水，他很快找到了那顶帽子。一小股红水正从帽里往外冒，姆敏用爪子沾了点红水，放在嘴里尝了尝。“是山莓汁！”他高兴地惊叫起来。多美妙啊，今后只要把水放进这顶帽子，要多少山莓汁就会有多少。他们决定把帽子藏起来，谁也不让知道。

六月的一天，姆敏妈提出要去旅行，因为老待在一个地方会使人厌烦。姆敏爸觉得这个主意不错，当即决定马上动身。他们在海滩上发现了一只无主的大帆船，姆敏妈给那船起了一个恰如其分的名字：“冒险号”。

“冒险号”载着姆敏一家和住在他家的客人斯纳夫、斯诺克兄妹、赫姆林等，向波涛翻滚的大海驶去。不一会儿，他们来到了寂寞岛。这里是小妖精哈提每年六月聚会的地方。岛上风光秀丽，就好像是过节有人把它打扮过似的。一上岸，大家便忙乎起来。姆敏爸坐在一块岩石上钓鱼，好收集植物标本的赫姆林朝大森林里走去。斯纳夫喜欢独自猎奇，一个人朝北走。姆敏和斯诺克兄妹往南行。

赫姆林在森林深处和一群正在聚会的哈提相遇。他并没有招惹他们，只是好奇地动了一下他们挂在柱子上的晴雨表，哈提们就一拥而上包围了他。幸亏斯纳夫听到了他的呼救信号及时赶来，才救了他一命。为了以示处罚，赫姆林拿走了哈提的晴雨表，以胜利者的姿态回到营地。

赫姆林得意地把晴雨表放在桌布中央。姆敏爸发现那表指到“00”，这是暴风雨的信号！大家这才注意到金黄色的薄雾正在变成浅灰色，海面上黑得出奇。姆敏爸决定在岛上过夜，待风暴过去再回家。大家把“冒险号”拖到高坡上，并迅速用风帆和毯子搭起帐篷。天一下子黑了，雷声吼叫，雨点又密又急。突然空中响起一个炸雷，斯诺克妹妹吓得把哆嗦的小爪子伸向姆敏，斯尼夫躲在毯子下尖声大叫。一道闪电，把整个海岛照得通亮，紧接着“咔嚓”一声，又是个震耳欲聋的炸雷。斯诺克觉得那雷肯定击中了什么东西。雷雨渐渐远去，小家伙们打起了呵欠。

半夜三更，哈提们袭击了姆敏家的帐篷。雷雨天使他们身上带了电，一碰上就会遭电击。帐篷里乱成一团，拿着晴雨表的赫姆林发出刺耳的尖叫。等大家弄清是怎么回事时，哈提已抢走晴雨表消失在森林里。

雨过天晴，姆敏爸带着孩子们到海滩寻觅被海浪掀到岸上的东西。这是最令人兴奋的事，这时可以发现最新奇的东西。斯尼夫找到了一个救生圈和一只掉了后跟的靴子。姆敏找到了一个玻璃球“小风暴”，只要摇一下玻璃球，里面就有一团雪花飞起，慢慢落到小房子上。姆敏想用玻璃球换斯尼夫的救生圈，但斯尼夫既想得到那个奇妙的玻璃球，又舍不得拿出任何东西来交换。斯纳夫本来可以捞到许多东西，比如小桶、掉底的篮子什么的，但他都看不上眼。他喜欢把手插到兜里，逗着海浪玩。斯诺克妹妹在水边发现了一个美丽的皇后木雕像，那是水手们用来装饰船头的。而斯诺克，在被雷劈开的一块岩石缝中发现了金子，正在埋头开采他找到的宝贝呢。

大家对所有找回来的东西赞不绝口，姆敏家一下子富裕起来，当“冒险号”离开寂寞岛时，船上装得满满的，后面还拖着用打捞起来的木料扎成的大木筏。

七月末，姆敏谷十分炎热。这时那顶黑礼帽已被当作宝贝放在姆敏家的衣橱上。一天，孩子们在凉快的山洞里聊天，斯纳夫给大家讲了一个从喜鹊那儿听来的故事：在一座高高的山上，住着个小精灵。他屋里到处是红宝石，但他还是一点也不快活，因为他还没有找到那颗最大最美的国王宝石，他已到包括海王星在内的所有行星上去找过了，现在他正在月球上寻找。小精灵有顶高筒式黑色礼帽，两个月前他到月球上去的时候丢失了。那顶帽子原来是小精灵的！如果他回来要他的帽子怎么办？大家都焦急不安地想到放在衣橱上的那顶黑帽子。这时候，姆敏妈正在家中收拾屋子。打扫中，她把赫姆林忘记放进标本夹的几株石竹，挽成一团，下意识地扔进了精灵帽，随后进屋打盹去了。

当孩子们冒雨赶回家的时候，发现他们住的房子不见了，那里已成了一片丛林。原来姆敏妈刚走，那团石竹就以神奇的速度生长起来。它爬到地板，沿墙而上，并伸进一切缝隙：通气孔、钥匙孔。新发的枝叶把楼梯封住了，屋里的吊灯、天花板垂满了枝条、花环。当姆敏爸和姆敏妈发觉这一切的时候，他们已经出不来了。

嫩绿的枝条从烟囱里长出来，爬满了屋顶，它像一床厚厚的绿毯把整个房子盖了起来。孩子们站在雨中，凝视着这个大树丛。枝上的花儿在开放，果子由绿变黄，由黄变红。他们既找不到窗户，也找不到门，看到的只是一片茂密的野生植物。多亏斯尼夫发现地下室的门是开的，植物还没长到那里，孩子们迅速钻了进去。看来有时疏忽大意也是有好处的。楼上传来斧子砍东西的声音，随着“哗哒”一声响，又传来欢呼声。姆敏爸和姆敏从房门里走了出来。孩子们这才知道大丛林原来是精灵帽弄出来的。

夜幕降临，这时姆敏家又出现了奇观：屋里屋外的植物像生长时那样迅速枯萎了——果实干枯，掉落在地，花儿凋谢，树叶卷缩。姆敏爸带着孩子们把屋里的所有枯枝败叶都搬了出去，烧起了一堆这个谷地从未有过的大篝火。

八月初的一天清晨，两个比姆敏还要小的小动物芜茗和莫氏提着个大箱子来到姆敏山谷。尽管他俩说话怪声怪调，但好客的姆敏爸和姆敏妈还是让他们住进了家里。对于他们来说，多一个客人不过是多安一张床、餐桌上多加一片树叶而已。芜茗和莫氏总是不声不响，但眼睛从不离开那个手提箱。临近黄昏的时候，他俩突然焦急不安起来，发疯似的在楼梯上跑上跑下，还说可怕的格洛克要来了。为了客人的安全，姆敏家全副武装，一直守到半夜。外面静悄悄的。他们打开门，一眼看见了格洛克，她像个木鸡，一动不动地坐在台阶下面。她并不大，看起来样子也不怎么可怕，但使人感到她非常坏。谁也没有勇气向格洛克发起进攻。她坐了一会儿，就溜进黑暗里去了。

原来手提箱里的东西是格洛克的，但芜茗和莫氏说，她不配得到那东西，因为那东西非常美丽，而格洛克只知道它值钱。尽管大家不知道那箱里的东西是什么，但还是赞同芜茗和莫氏把它留下来。格洛克又来了。斯诺克问她是否愿意把箱里的东西卖给芜茗和莫氏，她冷冰冰地说，那东西就是用座金山来换也不够。姆敏妈忽然想起了那个闯祸的精灵帽，那是姆敏山谷最值钱的东西，为什么不可以用它来换箱里的东西呢？她拿来帽子，当着格洛克的面，往帽里放了几颗樱桃。大家提心吊胆地等待着，谁知道它会变成什么。还算幸运，樱桃变成了一大把红宝石。格洛克看了看帽子，全神贯注地想了一会儿，突然抓起帽子，一声不吭地走了。这是大家最后一次看见精灵帽。

八月仲秋，姆敏山谷的居民举行了一次盛大的晚会。大家穿上了自己最漂亮的衣服，餐桌上摆满了好吃的东西，天空火花四溅，时而是“天女散花”，时而是“银色喷泉”。一会儿，月亮升起来了，它的光辉为整个山谷涂上了一层神奇的色彩，大家在月光下欢快地跳起舞。12点刚过，突然有什么东西把整个山谷映得通红。原来是芜茗和莫氏打开了手提箱，一颗像豹子头那么大的红宝石在草地上闪闪发光，它那柔和优美的红光使月亮都黯然失色。

宝石发出的光辉，被月球上的小精灵看见了，他立刻断定那就是他要找的世界上最大最美的红宝石——国王宝石，他为寻它已经花了300年时间。小精灵把所有的珠宝都扔在地上，骑上他的黑豹，直奔姆敏山谷。

大家正以十分敬畏的心情坐在国王宝石周围，沉醉在奇妙的联想中，忽然从林中溜出一只红眼睛的小白鼠，它后面还跟着一只大黑猫，他们径直朝国王宝石走去。芜茗和莫氏觉得不妙，急忙把宝石放进箱子。这时那只小白鼠突然直立起来，变成了戴白手套，长着一对红眼睛的小精灵，身躯足有姆敏家的房子那么大。

小精灵没有拿走红宝石，他说那样做是一种盗窃行为。他提出用两座金刚石山和一些足以装满山谷的各种宝石来换国王宝石，但芜茗和莫氏拒绝了。小精灵叹了口气，只好作罢。他请求大家继续开晚会，他也想跟着乐一乐。小精灵叫大家每人讲出一个愿望，他将用魔法使这些愿望马上实现。姆敏妈说她希望姆敏不再为想念斯纳夫而苦恼，因为自从斯纳夫离开姆敏家去周游世界后，小姆敏一直闷闷不乐。小精灵把斗篷一挥，忧郁立刻从姆敏的心里飞走了。姆敏想让他跟前的餐桌连同上面的各种食物一起飞到斯纳夫的身旁。话音刚落，那张桌子连同上面的煎饼、糖果和饮料，突然从地面升起，向南飞去。斯尼夫想要一只属于自己的船，小精灵斗篷一挥，但什么东西也没出现，斯尼夫有些失望，但小精灵告诉他，那只船已被放在海滩上，明天一早去拿就行了。姆敏家的客人都一一实现了自己的愿望，最后只剩芜茗和莫氏了。因为小精灵分不清他俩的相貌，就让他们提一个愿望。这时莫氏不解地问小精灵：“你自己不可以有个愿望吗?”小精灵忧郁地回答说,他不能实现自己的愿望,只能满足别人的愿望。芜茗和莫氏深受感动,决定替小精灵提出个愿望,要一颗和国王宝石一样美丽的红宝石。小精灵笑了:他把斗篷一挥,霎时,整个山谷又一次被红光所笼罩,草地上有一颗王后宝石在闪耀,它和国王宝石是一对。

大家又重新跳起舞,放起焰火,姆敏山谷从来没有过这样欢乐的夜晚。

(任溶溶译)

导读

托芙·扬松(1914—2001),芬兰儿童文学女作家、画家。1945年,托芙·扬松发表了她的第一部童话《矮子精和大洪水》,创造了著名童话人物姆敏(又译为“木民”)。从此便一发而不可收,到1970年,她以姆敏为主人公写了8部童话,其中以《魔法师的帽子》(又译《精灵帽》)最出色。1963年,托芙·扬松以其想象丰富、奇特的童话创作和积极有效的儿童文学活动,获得国际安徒生奖。

长篇童话《魔法师的帽子》发表于1948年。故事中的主人公姆敏是作者根据民间传说中的林妖“特罗尔”改造而成的。这是一种有着河马头和猪身的善良的微型小动物,作者剔除了原形象的妖气、仙气,赋予他以人的特别是孩子的性格特征。姆敏一家和住在他家的客人与其说是小动物,不如说是一些淘气的孩子,在那个千奇百怪的精灵境界中凸现出来的是一个活生生的儿童世界。作者生动地描绘了这些小动物奇妙而充满刺激的经历,热情地赞美了他们的友爱、互助以及乐天性格和爱冒险的精神。评论界认为:“姆敏一家的秘密就是生活的快乐。在发现未知的体验和事实中感受到魅力。这些故事全都是追求快乐和冒险的。”从另一方面来看，快乐的姆敏山谷也并非世外桃源，大洪水、彗星等天灾也时时给姆敏山谷的居民带来生存危机。与主人公姆敏的形象一样，充满魔力的精灵帽也是童话中最吸引人的。这个曾经在斯堪的纳维亚半岛民间故事中出现过的宝物，在作者的笔下演出了一幕又一幕奇景，令人叹赏不已。托芙·扬松的创作还表明，现代童话仍与民间传说保持着血脉相连的密切关系。

【瑞典】林格伦

长袜子皮皮的故事

长袜子皮皮是个不寻常的小姑娘，她长着红头发，两条梳得硬邦邦的小辫子直挺挺地竖着，鼻子像个小土豆，上面布满了雀斑。她那又细又长的腿上穿着一双长袜子，一只是棕色的，一只是黑色的，她的鞋正好比脚大一倍。皮皮最大的特点是力气超人，全世界没有一个警察能和她相比，如果她愿意，可以举起一匹马。

皮皮的妈妈很早就死了，但皮皮相信她的妈妈成了天使，正坐在天上从一个小孔看着生活在人间的女儿。皮皮经常向她招手说："请不要担心，我会料理自己的！"

妈妈死后，皮皮就总是跟着当船长的爸爸去航行。但是有一次，风暴将爸爸卷进了大海，爸爸失踪了。不过皮皮不相信爸爸会淹死，她想爸爸一定漂到了一个岛上，当了黑人的国王。她告别了爸爸船上的水手，回到几年前爸爸买下的那幢叫维拉·维洛古拉的旧房子里。

她随身带了两件东西：一只名叫尼尔松先生的小猴子和一个装满金币的手提包。她回到家的第二天早上就认识了邻居的两个孩子，一个是男孩杜米，一个是女孩阿妮卡。皮皮热情地邀请他俩到自己家里吃早饭。两个孩子惊奇地看着她做烙饼。皮皮拿出三个鸡蛋高高地扔到空中，有两个正巧掉到锅里，可也有一个掉到她的头上打碎了，蛋黄流进了她的眼里。皮皮却说蛋黄对头发有好处，它能使头发嘎巴嘎巴地长。接着她捞出蛋壳，用一把浴刷来搅拌面糊，做成烙饼，她又用平底锅把烙饼抛到差不多有房顶一半高……

杜米和阿妮卡吃得非常香。吃完烙饼，皮皮打开抽屉，请新伙伴参观她收藏的所有宝贝，比如鸟蛋、贝壳、石子、盒子、珍珠项链，等等。皮皮还给他们每人一件礼物做纪念。

第二天，杜米和阿妮卡在跟皮皮去捡破烂的路上，他们突然遇见五个男孩在追一个叫维勒的男孩。并且一齐用拳头打他。皮皮走上前去干涉。个子最大的本特一看这个陌生的姑娘竟敢来指责他，很觉可笑，便指挥他的伙伴围住了皮皮。他们又喊又叫，大声嘲弄这个在他们看来是胆大妄为的姑娘。皮皮既不害怕也不生气，反而友善地笑着。本特一看头一招没成功，就伸手去推她。皮皮说："我觉得你对女士不怎么讲礼貌。"说着就用强有力的手把本特高高举了起来，横挂在一棵桦树的树枝上。然后又接连举起其余的几个男孩，有的挂在这里，有的扔在那里。男孩们一个个都吓傻了。皮皮对维勒说："如果再敢欺负你，你就告诉我。"

不久，人们都知道了有一个九岁小姑娘单身住在镇上。大家认为孩子都要由大人照管，所以决定把小姑娘尽快送到儿童之家去。一天皮皮正和杜米、阿妮卡在她那里喝咖啡吃饼干，这时来了两位警察。警察说要把她送到儿童之家去。皮皮说："我是一个儿童，这是我的家，这不就成了儿童之家？……我不想搬到别的地方去。"警察看皮皮不想走，就去抓皮皮的手。皮皮很快躲了过去，并轻轻地拍了一下这个警察说："拍！"然后一眨眼就跳到了栏杆上，不一会又爬上了阳台，竟和警察玩起了拍人游戏。等警察跑进屋子冲上二楼来到阳台的时候，皮皮早已上了屋顶。她像一只猴子转眼到了屋脊，又上了烟囱。警察在下面直搔头。皮皮在房上喊："玩拍人游戏太有意思了，你们到这里来我真高兴。"警察搬来了梯子，可是当他们上了房顶，皮皮已经从屋脊另一头跳到一棵树上，下了地，而且把梯子也给搬走了。警察失望又生气，站在房上下不来也很尴尬，没有办法就骗皮皮表示友好，求皮皮搬回了梯子。可是下了地又想来抓皮皮。皮皮看他们不守信用,就抓住两个警察的皮带,把他们举了起来,走出大门,放在马路上。两个警察吓坏了,他们跑回城里对人们说,皮皮肯定不适合上儿童之家。

不过有一天皮皮自己到学校去了。她听说学校有圣诞节假,而自己什么假也没有,认为这不公平,就上学了。可是在学校里,她对老师提出的问题不会,也不好好回答,还东拉西扯胡说个没完。老师觉得对这个顽皮的学生毫无办法,只好让她回家。皮皮也觉得在学校搞得头都昏了,还是骑马离开这里的好。

在家里,皮皮无拘无束:她把杜米和阿妮卡找来,坐在大门上面吃梨,爬到橡树上去喝咖啡,故意随随便便地扯谎……他们又带上食品到树林里去野游。在野游中,皮皮很容易地制服了一头发狂的公牛。她折断了牛的犄角,又骑在牛背上,累得牛筋疲力尽。

小城里来了马戏团,杜米和阿妮卡来找皮皮一起去看马戏。入了场,皮皮特别兴奋。当一个小姐站在马背上转圈跑的时候,皮皮竟也嗖的一声跳上马背,把那个小姐吓了一跳。观众看到这个穿着一双大鞋的红头发姑娘就像个专门演马戏的,都不禁笑了起来。马戏班主可非常恼火,派来警卫赶她出场,但他们使出九牛二虎之力也搬不动皮皮。下一个节目是走钢丝,皮皮又跑到钢丝上去了,走钢丝的小姐气得扑到班主爸爸的怀里。班主一看没法赶走皮皮,就暗中使坏,他偷偷松开了钢丝的绞盘,想让皮皮摔下来。可是皮皮反而在松开的钢丝上打起了秋千,而且越摆越快,皮皮一下子跳到空中,正好落在班主的身上,吓得班主直跑。这时一个大汉走进场子,班主说他是世界上强壮的大力士,谁能打败他,可以得到一百克朗。皮皮又站到了他的面前。班主气坏了,恶狠狠地说:“怎么又是你,快滚开!”皮皮责问他:“你为什么总是这样不友好?我要和大力士较量。”说着就抓过大力士的大手亲切地握了起来。大力士看着面前这个小姑娘,十分惊讶，还没弄明白这是怎么回事呢，他已经被皮皮摔倒在垫子上了。大力士急忙爬起来，气得满脸通红，冲过来用力抓住皮皮。可是皮皮稳如泰山，一转眼又把大力士摔倒。大家都为皮皮加油。大力士吼叫着又扑了过来，皮皮轻松地哼着："啦啦啦啦！"一下把大力士高高举了起来，绕场一周，然后把大力士放到垫子上。在大家的欢呼声中，马戏班主不得不拿出一百克朗钞票。可是皮皮轻蔑地说："我要这个纸钱有什么用，你愿意可以用它去包青鱼！"

从此，力大无穷的皮皮在小城里出了名。皮皮还制服过两个小偷。她过着无忧无虑的生活。

她请来杜米和阿妮卡来参加自己的生日宴会，让他俩也都得到生日的礼物。吃过饭，把桌上所有的东西都用桌布一包扔在木柴箱里，然后开始做游戏。他们一个个玩得满身土，满脸黑，都像个掏烟筒灰的。杜米、阿妮卡放假了，皮皮又带他俩进城去买东西。她一下子买了十八公斤各种各样的糖果，分给商店门外所有的孩子们，那是小镇上从来没见过的糖宴，所有的孩子嘴里都塞满了糖。又有许多孩子从四面八方跑来，皮皮又买了十八公斤……接着又带所有的孩子走进玩具店，皮皮拿出一把金币，每个人都选了自己想要的玩具。然后，皮皮又给每个孩子买了一只口笛，皮皮打着拍子，大家一齐吹，大街上一时热闹非凡，警察不得不来干涉……

趁杜米和阿妮卡的爸爸妈妈出外旅行，他们又去玩沉船遇险的游戏。带上食物、武器、帐篷，等等，乘上一只修好的破船，来到湖中的一个小岛。在那个无人居住的小荒岛上，三个孩子玩了两天，住了两宿。皮皮把船偷偷藏了起来，骗杜米像海上遇险那样写了一封求救的信，装在空罐头盒里，扔到湖中……

皮皮在维拉·维洛古拉住了一年。一个夏日的夜晚，皮皮的爸爸突然回来了。皮皮乐得两手勾住爸爸的脖子，双脚不停地踢来踢去，把鞋都踢掉了。父女又坐下掰手腕，不分胜负，世界上只有皮皮的爸爸和她一样强壮。爸爸告诉她，爸爸真的当了霍屯督岛的黑人国王。这次他处理了岛上的事务，又找到了他那艘多桅帆船“蹦蹦跳跳”号，仍然当上船长，回来接他的女儿皮皮公主。皮皮真高兴，在饭桌上竖了个蜻蜓，两腿上下乱踢一气。孩子们和国王一起吃了晚饭，然后一起游戏、跳舞。杜米和阿妮卡吃惊地看着皮皮和她的爸爸由跳舞过渡到打开了交手战。他们喊叫着互相扔来扔去，国王栽到木柴箱里笑得喘不上气来，皮皮摔在炉子跟前弄得满脸黑灰。后来皮皮又抱住爸爸，亲昵地贴着爸爸的脸，结果弄得爸爸的脸和她一样黑。

第二天皮皮举行了告别宴会，镇上的许多孩子都来了，带着他们的口笛。“蹦蹦跳跳”号的水手也都来了。大家吃啊，玩啊，又围起来看皮皮和爸爸比力气。跳舞之后还放了礼花，大家玩得非常高兴。但是杜米和阿妮卡很难过，他们舍不得和皮皮分手。第二天当他们把皮皮送到港口时，阿妮卡甚至大声哭了起来，而杜米则不断狠狠地踢石头。告别的时刻到了。就在跳板已经拉起，“蹦蹦跳跳”号即将起航的时候，皮皮突然说：“不行，我不忍心在这个绿色的地球上有人为我哭泣和伤心，快放下跳板，我不走啦。”爸爸很了解女儿，认为也许这样更好。于是皮皮又举着她的马，带着尼尔松先生和手提包从跳板上走了回去。不用说，杜米和阿妮卡高兴得要命。

过了一段时间，秋天到来的时候，杜米和阿妮卡生病了。皮皮每天在他们的窗外为他们表演各种节目，因为怕传染，大夫不让皮皮进病房。皮皮还用篮子给他们送水果和糖果。他们的病渐渐好了，可是很苍白、消瘦。这时候，恰好皮皮的爸爸又来接皮皮，皮皮征得杜米和阿妮卡父母的同意，决定让他俩一同航海去霍屯督岛。有些太太总觉得长袜子皮皮“有点儿那个”，不放心，但杜米和阿妮卡的妈妈说："对，长袜子皮皮可能不那么好，但是她有一副好心肠。"

船在海上航行了很长很长时间，终于来到了霍屯督岛。这时杜米和阿妮卡已经完全变了样，个个身体健壮，脸色黝黑。霍屯督岛的男女老少都来到海岸上迎接自己的国王和他红头发的女儿。他们看见皮皮举着马走下船，发出一片赞叹声。

来到岛上，皮皮这个白人公主很快就和黑人孩子成了伙伴。一天，皮皮的爸爸带着全体船员和全体霍屯督人到另一个岛上去打野猪，只把孩子们留在霍屯督岛上。他们非常高兴。黑人孩子领他们来到一个岩洞，洞里藏着许多孩子们用来玩"抓石子"游戏的珍珠。但是到那个洞里去必须从险峻的峭壁上爬过，一不小心就会掉到海里，而海里有许多吃人的鲨鱼。杜米就掉下去了，眼看鲨鱼游过来，吓得阿妮卡大叫，幸亏皮皮也及时跳了下去，抓过鲨鱼把它举出了水面，又一下子扔到很远很远的海里。不过上岸以后皮皮哭了，她说："我哭是因为那条饿得要命的小鲨鱼今天没吃到早饭。"

皮皮用树皮搓了一根绳子拴到洞口，孩子们都顺利地爬进洞里。他们正玩得高兴，海上来了两个强盗，他们是想趁大人们离岛打猎的机会来抢珍珠的。但是皮皮早已偷偷砍断了绳子，他们爬崖几次都失败掉进了海里，要不是皮皮扔下椰子阻碍鲨鱼，他们早被鲨鱼吃掉了。他们只好穿着湿漉漉的衣服等在洞外。可是洞里有吃的，孩子们并不急着出去，舒舒服服在洞里睡了一宿，而两个强盗却在大雨里挨浇。第二天，如果不是皮皮的马和刚从森林里回来的猴子尼尔松先生找到了这里，被强盗捉住，大概皮皮还不会下来。不过皮皮下来，对强盗并没有什么好处，皮皮把他们一个个扔到了三米高的空中，重重地摔在峭壁上，最后吓得连滚带爬地逃跑了。

过了许多美丽、愉快的日子，皮皮、杜米和阿妮卡又要离开霍屯督岛了。皮皮向岛上那些来送行的伤心的孩子们保证，一定经常到这里来，又告别了暂时不能离岛的爸爸，“蹦蹦跳跳”号出发了。

在一个下雪的夜晚，他们回到了家里。杜米和阿妮卡见到爸爸妈妈当然十分高兴，可是心里总惦记着孤单的皮皮，而且总觉得错过了圣诞节的夜晚，没见到圣诞树，也没得到圣诞节礼品，心里很不痛快。第二天他们又到维拉·维洛古拉去。啊，这里收拾得多么漂亮！一开门，皮皮就对他们说：“祝你们大家圣诞节好。”屋子里完全是圣诞节的景象，而且杜米和阿妮卡也都得到了自己的圣诞礼物，他们感到非常非常兴奋和幸福。他们又一起设想着明天更有趣的生活，都说不愿意长大。于是皮皮就找出几粒豌豆一样的东西，说那是“天书药片”，吃了就永远不会长大了。他们分着把药片吃了下去，皮皮说：“希望它不要失效。”

（任溶溶译）

导读

林格伦（1907—2002），瑞典著名儿童文学女作家。生于农民家庭，但她勤奋好学，是位多产作家。1944 年冬因滑雪伤了腿，养伤时写出了一部活泼而又善良的小姑娘的故事《长袜子皮皮》，出版后蜚声瑞典及世界其他国家。在她为孩子们创作的 80 多部作品中，代表性作品有小说《疯丫头玛迪琴的故事》《玛迪琴懂事了》《艾米尔》三部曲和《大侦探小卡莱》三部曲等；著名童话有《长袜子皮皮》三部曲、《小飞人》三部曲、《米奥，我的米奥》、《绿林女儿》等。她曾获国际安徒生奖以及其他多项大奖。

长篇童话《长袜子皮皮》是作者的成名作。1941 年，她的 7 岁女儿卡琳生病住院，每天都要她讲故事听。有一次卡琳自己虚构了一段对话，妻子要丈夫给她“讲讲长袜子皮皮的故事”。于是林格伦就接过这个名字，构想出一系列故事。后来在卡琳10岁生日时，林格伦便以此书赠给女儿。此书出版后，一些教育工作者认为皮皮的恶作剧会给孩子们造成不良影响，从而引起了一场热烈的“皮皮论战”。不久，人们终于认识到，皮皮是作者理想中各种天性都正常发展的孩子的一个化身。她的形象是异想天开的，当然是非现实世界中的小姑娘，然而她是真实的。她是儿童被压抑的天性和狂野幻想的释放，是儿童的力量和快乐的象征，也是作家林格伦对自己的童年的永恒记忆和怀念。她曾说过：“我是想让我心中的孩子高兴而写故事的。我希望故事也能使其他孩子高兴。”这“心中的孩子”就是一直活在作家心灵中的童年时代，这个“孩子”已成为她全部创作的灵感和源泉。在高科技的当代社会中，皮皮这样的“孩子”是有心灵解放的特殊作用的。她是一个能从各种清规戒律中解脱出来，使自身的各种天性都得到自由发展的小精灵，是一个敢于以最激烈的方式向传统的儿童教育观念挑战的人物。

【奥地利】涅斯玲格

小思想家探案

自从李丽贝特书包里的钱包在教室里丢了以后，三年级五班又发生了好几起失窃案。德文课前，玛苔尔发现全班喝牛奶的钱没了，这些钱原是装在小盒子里的；在更衣室里，罗兹薇塔发现大衣口袋里的50先令不见了，空钱包被扔在长凳底下；刚下体育课，伊凡发现放在牛仔裤口袋里的项链不翼而飞；更奇的是，秀荠在生日晚会上丢失的储蓄存折，后来却在学校的更衣室里被总务主任捡到了，但已被撕毁。贼究竟是谁？校长把到秀荠家作客的11位同学统统叫了去。不管达尼尔、李丽贝特和米哈艾尔如何解释，说那天晚上客人很多，还有秀荠妈妈的女友，她们个个都很有钱，但有钱并不等于不偷钱呵！可校长认定，存折一定是他们当中的人偷的。

事情并没有到此结束。这天，数学课前，汉荠到墙角往纸篓扔橙子皮，回来发现，她刚刚放在课桌上的金表不见了。数学老师命令全班同学各就各位，把书包、衣袋里的东西全都掏出来，逐个进行搜查。达尼尔认为老师没有权利对他们进行人身搜查。李丽贝特却不这样想，管他呢，说不定能查出贼来。就算查不出，这堂课不就在搜查中过去了？可是谁也没有料到，竟在米哈艾尔的课桌里搜到了那只金表，它用一块布包着，这块棕白相间的包布看上去像是一方手绢，包成一个小小的包，外面用橡皮筋捆扎得紧紧的。

米哈艾尔外号叫“先生”，他是小姑娘们一致公认的美男子，平常的穿着像是要登台演出似的笔挺，尤其是说话出口成章，德语老师把他树为全班的榜样，说他对祖国语言掌握得非常出色。所以，全班同学都尊敬地管他叫“先生”。“这不是我的东西！”先生申辩道，“我不知道这是怎么回事!”教室里霎时像死一般的静寂。不一会儿,又响起一片嗡嗡声,汉莽大声叫嚷着:“真想不到,卑鄙的家伙! 坏蛋!”

先生被送去见校长,再也没回来上课。下午,达尼尔、奥特尔和李丽贝特终于在先生的自家商店里找到了他。先生和达尼尔、奥特尔是老朋友,李丽贝特和他们也算是一伙。他们一块儿进幼儿园,一块儿上小学,如今在中学又是同班。

先生正坐在商店里屋发呆,连跟朋友们打招呼都很勉强。上午,他被叫到校长室,校长问他为什么经常偷东西,说他否认事实是没有出路的,要他老老实实认罪,还打电话把他的妈妈叫来了。妈妈看见自己的儿子可怜巴巴地坐在那里,校长和数学老师用歧视的语调跟他说话,挖空心思地侮辱他,她一下子发作了。她相信自己的儿子是清白的,可怜的孩子正在受着折磨却又无法保护自己。她一把拉住儿子的手,就带他回了家。

现在先生最关心的是同学们怎么说。“全班同学都认为我是贼了。”他自语着。“不,我们可不一样!”李丽贝特激动地说。“别的人可都这么看,”先生咕哝着,“我再也不上学了!”父亲抓住他的双肩,亲昵地摇了摇,说他这话太没道理,该怎么样,得好好想想。“就让那些木头脑瓜去认定你偷窃成癖好了,”他鼓励儿子说,“你只管站在高处,蔑视那些人,不跟他们一般见识!”李丽贝特忙插上一句:“胡福娜格太太就从来没有把你看作贼呀!”胡福娜格是他们的班主任。“体育老师也不会,他对你可喜欢呢!”“你门门功课都好,他们又不可能借口成绩不好开除你。”大家七嘴八舌地安慰着朋友。“可是同学们都把我看成贼!”先生吼起来,声音都变了,他疯了似的揪着地毯,猛地掀了起来,弄得一团团毛絮在空中飞舞。

大家都不作声了。先生呜咽起来。达尼尔微闭双眼,把一个手指塞在嘴里,心想:人人都奉行着各自的生活准则。我的准则是不研究盗窃这类丑恶的事。但为了朋友，我可以牺牲自己的准则。他决心查出真正的贼，把事情弄个水落石出。

达尼尔外号叫“思想家”。他学习成绩比谁都好，坐在座位上，双眼总爱半睁半闭，出神地吮着手指，从旁看去，仿佛在打瞌睡，有时连老师都以为他睡着了，“醒醒，达尼尔！”老师时常这样亲切地大声提醒他。对成绩拔尖的学生，老师们都是很温情的。每逢这时候，达尼尔总是迅速地抽出嘴里的手指头，低声回答：“我没有睡，我在动脑筋……”久而久之，他便得了一个“思想家”的雅号。

思想家现在非常着急，先生今天还没来上课，同学们都认为那是做贼心虚，连一向被看作笨猪的赛德拉也一口咬定，贼就是先生。整个早上，思想家都在盼望有谁的东西被偷，这是排除先生嫌疑的最简单的办法。可是，谁也没有丢东西。思想家担心，校长会不会借口旷课开除先生。事不宜迟，必须尽快找到真正的贼。

思想家和李丽贝特、奥特尔一起，从点名册上抄下了全班同学的名单，采用排除法。把李丽贝特丢钱包时缺席的十个人排除掉；把牛奶钱和罗兹薇塔的50先令失窃那天缺席的两个人去掉；再除去所有的女生，因为伊凡的金项链是在男生更衣室里丢的；还要除去没有去过秀荠家作客的人；还得除去李丽贝特、玛苔尔、罗兹薇塔、伊凡、秀荠和汉荠，不能想象他们偷了自己的东西；最后还要除去思想家自己，他知道自己是清白的。这么一来，小偷的候选人只剩下四个人：达·费尔吉、伏·克朗、库·托马斯、赛·罗伯特。

他们三人盯着那个名单，心情激动得无法平静下来。“不可思议，简直不可思议！”李丽贝特自言自语了将近二十遍。而奥特尔眼睛牢牢盯着托马斯的名字，老是移不开。因为他跟托马斯最不能相容，谁都知道他们早就闹翻了。奥特尔和李丽贝特不顾思想家的反对，决定先从托马斯入手。“只要我跟他交朋友，”李丽贝特想，“我就能很容易地观察他,把一切打听出来。"

李丽贝特要和托马斯交朋友,那是最容易不过的了。开学的头一天,托马斯在校门口就一眼看上了她,打定主意天天放学后到她家去做客,跟她一起玩骨牌、打扑克,尽管他并不喜欢这些游戏。可是李丽贝特对他很冷淡,这使托马斯十分伤心。如今,李丽贝特态度的转变,使他惊喜交加,他老早就站在约定地点了,看见李丽贝特,他脸上顿时漾起幸福的微笑,邀她去市中心电影院看电影。那里的票价是全市最贵的,可托马斯满不在乎地说:"我有的是钱!"

有的是钱?他平时可不是这样;老抱怨父母给他的零花钱太少,连买连环画和泡泡糖都成问题。哼!钱一定是偷的!李丽贝特想着,觉得自己就像即将追上猎物的猎狗,十分得意。谁知托马斯高兴地说,他今天太走运了,舅舅听说他要去约会,给了他100先令,让他们好好玩玩。李丽贝特大失所望。

托马斯顺从地跟着李丽贝特沿街走着,李丽贝特拉托马斯去看首饰店,她心里早有了一个主意。她指着一串带珐琅坠儿的金项链,说她愿意拿所有的东西来换它。托马斯马上毫不含糊地说,他愿意送她一条这样的项链,但要求她不要对别人讲,要保守秘密。李丽贝特又感觉到自己是一条快逮住猎物的猎狗了。谁知托马斯不无遗憾地说,那条项链是他出生时,别人送给他的生日礼物,坠儿上的小天使背后没有蓝色的云彩,他请李丽贝特原谅。李丽贝特差点没哭出来,因为伊凡那条项链是有蓝色云彩的。她强忍住泪,推说这样贵重的礼物她是不能接受的。

他们慢慢沿街往前走,恰好走进秀荠住的那条巷子里。其实这是李丽贝特早想好了的,她装作漫不经心地问托马斯,秀荠生日那天高兴不?托马斯说:"可惜全被倒霉的存折把气氛破坏了。"他告诉李丽贝特,他亲眼看见秀荠把存折放进抽斗,还上了锁,把钥匙放在大写字台的托架上。李丽贝特听了，眼睛一亮：这下托马斯可露馅了！但她又很快泄了气，托马斯的父亲在银行里工作，儿子不会傻到去偷存折的，当然不会！李丽贝特再也顾不上托马斯的恳求，推说有事，垂头丧气地走了。此刻她心中只想一件事：尽快见到奥特尔，告诉他，托马斯不是贼。

奥特尔对李丽贝特的“侦查”很不以为然，他一个劲地摇头，一口咬定托马斯是个贼，这骗不了他，他要证实这点。

晚上，奥特尔和思想家突然来到李丽贝特家。奥特尔特别兴奋，左脸上那块像“黑桃爱司”的雀斑块涨得通红。他举起一块手绢对李丽贝特说：“我的感觉向来错不了，现在一切就像二二得四一样的清楚了。”原来，从先生桌子里找到的金表，就是用这块手绢包着的，这手绢的一角绣着两个缩写花体字母“K”和“T”，正好是“库柏”和“托马斯”的头一个字母。

李丽贝特用询问的目光看着思想家，思想家坚持认为，这并不是什么确凿的证据。奥特尔则声称，这就是罪证，他要去找校长，控告托马斯。这时李丽贝特的母亲推门进来了，她想知道，两个男孩这么晚跑到她家来，还拿着手绢，究竟搞什么名堂。她径直向摊着手绢的写字台走去，笑着问：“你们从哪儿弄来这么一方滑稽的老古董？这哪儿是手绢，简直是一块大方巾！”没人回答她，母亲尴尬地走出房间。思想家看着她的背影，下意识地把手指塞到嘴里，嘀咕着：“好一个聪明的女人！”他把手绢装进口袋里，对奥特尔说，下星期一之前若是还找不出贼来，就把手绢还给他，让他送到校长室。

星期六上午一放学，思想家、奥特尔和李丽贝特就拼命跑着去赶电车。他们按照思想家手中纸条上的标示，找到了阿依朴·拉波廷仆丁大道居民区，在最后一幢高层建筑的13层楼上，终于找到了一扇门上有“克朗”两个字的房间。奥特尔把手绢递给克朗的母亲，谎称他们是来送手绢的,可记不准这手绢是不是克朗的。克朗的母亲接过去一看,说"K·T"就是克朗·塔西洛,是她的公公,他爱用这大方巾代替手绢。

克朗还没有回家。思想家决定在路上截住他。这时,李丽贝特突然发现了克朗,看见他没有往家走,却拐进了一条小巷。三人连忙追过去。不知找了多少地方,终于在一间昏暗杂乱的小屋子里,见到了克朗,他正和一个胖男孩子在吸烟。小屋四壁张贴着好些彩色张贴画:有摩托车,有骑马的牛仔和裸体的少女。电唱机开到了最大的音量,他们还在这里找到了班上丢失的所有东西。还有许多不知从哪里弄来的赃物,散放在各处。李丽贝特气愤地责问克朗为什么要偷东西,克朗"哇"的一声号啕大哭起来,他说他没有偷,说"这是考验"。

原来,克朗在学校里没有一个朋友,班上好像谁也不喜欢他,没人跟他说话,他整天愁眉苦脸,闷闷不乐。有一天,他在运动场上结识了一个人,他们相处得很好,这个人就是胖子康拉德。康拉德是个少年扒窃惯犯,克朗和他做了朋友觉得很开心,因为终于有人喜欢自己了。为了感谢胖子,他愿意为他做一切。胖子要他偷东西,说这是考验,看他有没有意志和勇气。

康拉德和克朗都进了少年罪犯管理所,先生也恢复了名誉,似乎一切都各得其所。然而思想家总觉得心里不畅快。他心事重重地回到家里,和妈妈谈起了这件事。他弄不明白,为什么克朗会跟胖子康拉德搞在一起,愿意为他做一切事情?妈妈语重心长地说:"你们要让他感觉到你们也喜欢他。"思想家不禁又把手指头放进嘴里,出神地吮着,眼睛睁得大大的。他在想,要能学会喜欢,那该有多好!那么努力去培养自己去喜欢又怎样呢?喜欢能培养吗?

(韦苇译)

导读

涅斯玲格(1936—2018),奥地利著名儿童文学女作家。1970年出版了第一本有影响的儿童文学作品《红发小姑娘弗雷德里卡》。给她带来莫大声誉的是《黄瓜国王》。涅斯玲格的创作都是儿童文学,有30多部作品。这些作品除在奥地利本国获得所有种类的文学奖外,还获得德意志联邦共和国的国家少年儿童文学奖,1984年还荣膺国际安徒生奖。

涅斯玲格的主要著述是童话,但也用现实主义的笔触直接反映奥地利现代生活的小说。1981年出版的《小思想家探案》就是这类小说的代表作。作品写小侦探们通过独立的思考和细致的分析,终于揭开了班上连连发生失窃事件之谜。克朗行窃的原因是多方面的,他孤僻成性,不讨人喜欢,以至谁也不愿和他做朋友,结果被少年惯偷犯吸收为同伙。小说在揭露少年犯罪的同时,指出家庭、学校的教育和熏陶对孩子直接或间接的影响是很重要的。这也是在少年品德培养方面,提出的严肃而尖锐的问题。作品在结尾处提出要学会"喜欢",意思是说要学会同情、关心、体贴和爱别人。要是人人都能重视这种情感的培养,生活将会多么美好。

在创作上,作者吸取了侦探故事布疑诱人的长处,在曲折、紧张、布满悬念的情节中,成功地塑造了富有同情心和正义感的小侦探们的形象。"思想家"的机警、智慧,"黑桃爱司"的固执、冲动,"先生"的善良、自尊,李丽贝特的热情、勇敢,尤其是她不惜用佯装"谈恋爱"的方式侦探失窃案,给人留下了难忘印象。小说的语言自然流畅,诙谐有趣。细节真实,生活气息浓郁。由于作者的观察和感情渗透到孩子的心灵深处,所以故事写得十分动人。